REALITY QUEST 3

Original Korean webtoon edition published by YLAB.
French translation rights arranged by YLAB through Topaz Agency
Traduction : Studio MAKMA (QUENSON Laura)
Lettrage : Studio MAKMA (DELBOS Léo, RAISSON Laurine)
Supervision : Studio MAKMA (WETSTEIN Bryan)

ISBN : 979-10-412-0048-1
Code Hachette : 80 1345 2

Collection dirigée par Christian English & Frédéric Thibaud
www.kamondo.fr

Dépôt légal : Janvier 2025

JOOWOON LEE
TAESUNG
REALITY QUEST 3
KAMONDO BOOKS

Sommaire

REALITY QUEST

CHAPITRE 27

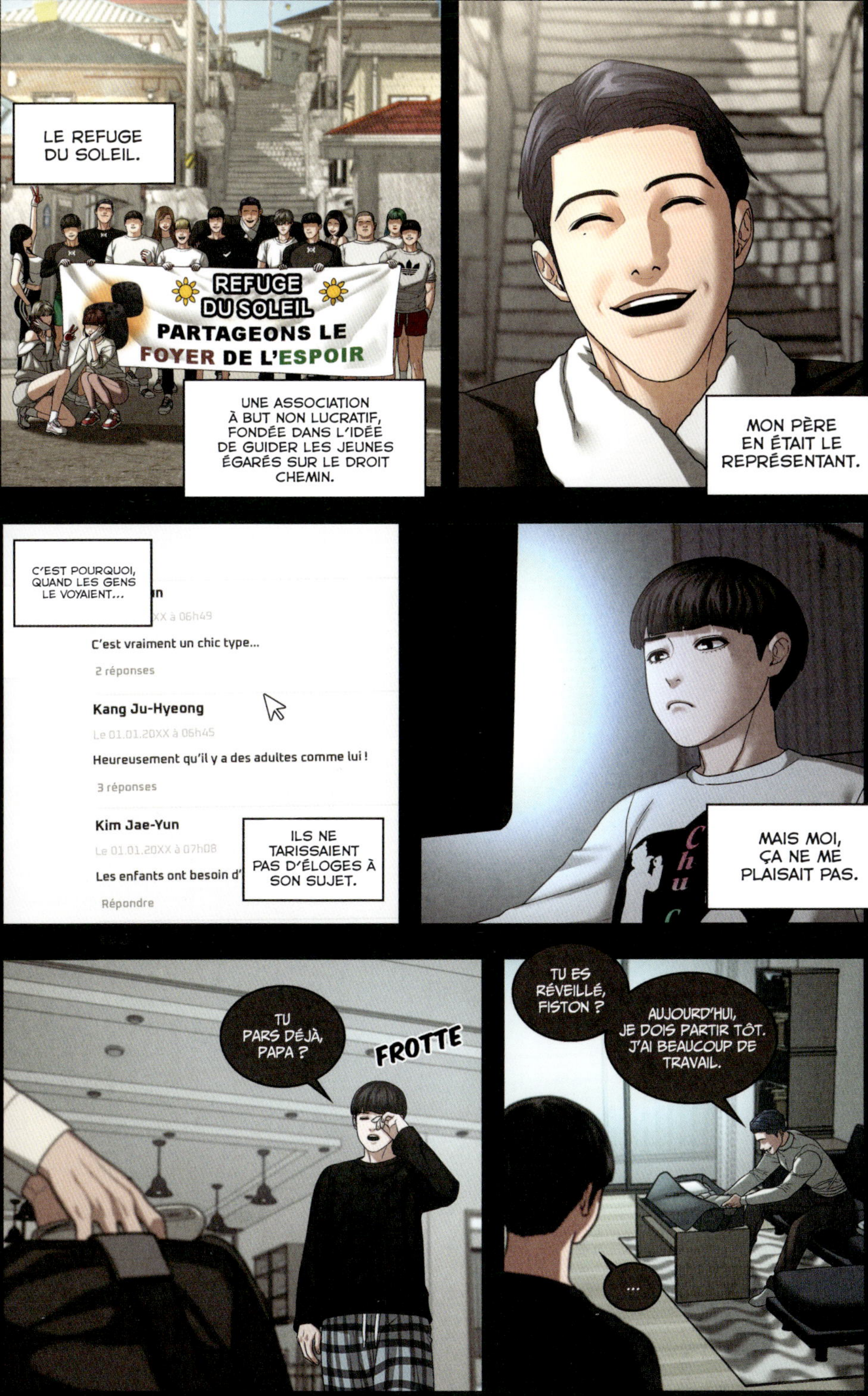

LE REFUGE DU SOLEIL.
REFUGE DU SOLEIL
PARTAGEONS LE FOYER DE L'ESPOIR
UNE ASSOCIATION À BUT NON LUCRATIF, FONDÉE DANS L'IDÉE DE GUIDER LES JEUNES ÉGARÉS SUR LE DROIT CHEMIN.
MON PÈRE EN ÉTAIT LE REPRÉSENTANT.
C'EST POURQUOI, QUAND LES GENS LE VOYAIENT...
C'est vraiment un chic type...
2 réponses
Kang Ju-Hyeong
Le 01.01.20XX à 06h45
Heureusement qu'il y a des adultes comme lui !
3 réponses
Kim Jae-Yun
Le 01.01.20XX à 07h08
Les enfants ont besoin d'
Répondre
ILS NE TARISSAIENT PAS D'ÉLOGES À SON SUJET.
MAIS MOI, ÇA NE ME PLAISAIT PAS.
TU PARS DÉJÀ, PAPA ?
FROTTE
TU ES RÉVEILLÉ, FISTON ?
AUJOURD'HUI, JE DOIS PARTIR TÔT. J'AI BEAUCOUP DE TRAVAIL.
...

TU SAIS QUE JEONG-SU DU REFUGE DU SOLEIL EST DANS MON ÉCOLE, PAS VRAI ?
EH BIEN, IL EST TOUT LE TEMPS EN TRAIN DE FUMER, PENDANT LES PAUSES.
AH OUI ? LUI ALORS, JE LUI AVAIS POURTANT BIEN FAIT LA LEÇON...
ENFIN, APRÈS TOUT, CE N'EST PAS FACILE D'ARRÊTER DE FUMER.
IL FRAPPE AUSSI BEAUCOUP LES AUTRES ENFANTS, EN CE MOMENT.
VRAIMENT ?
ET CETTE FOIS, IL A ACHETÉ UNE MOTO AVEC LA BOURSE VERSÉE PAR LE REFUGE.
...
C'EST PARCE QUE JE NE SUIS PAS ENCORE ASSEZ COMPÉTENT...
PAPA !!!
TU NE FAIS QUAND MÊME PAS ÇA PARCE QUE TU PENSES SÉRIEUSEMENT QU'ILS VONT CHANGER, HEIN ?
TU ESSAIES JUSTE DE GAGNER DE L'ARGENT EN RECEVANT DES DONS HEIN ? PAS VRAI ?
DIS-MOI QUE C'EST ÇA...
DO-WAN...

J'Y VAIS, À CE SOIR.
CE JOUR-LÀ, J'AI DÉVERSÉ TOUT MON RESSENTIMENT SUR CE PÈRE NAÏF, QUI AIDAIT LES RACAILLES.

NE SOIS PAS JALOUX, FISTON. CE WEEK-END, ON VA PARTIR FAIRE DU CAMPING ET S'AMUSER !
MAIS...
SANS SAVOIR...

QUE ÇA SERAIT LA DERNIÈRE FOIS QUE JE LE VERRAIS...

AAARGH !
TCHAC
HUFF...
HUFF...
"VIENS LA CHERCHER QUAND TU VEUX" ?
BRR
BRR
BRR
L'ENF*IRÉ... IL JOUE VRAIMENT LES GROS BRAS...
ENFIN... C'EST VRAI QU'IL ÉTAIT FORT...
BRR
?!
BRR
BRR
AAH... JE NE SAIS PAS SI C'EST PARCE QUE JE ME SUIS PRIS LA PLUIE, MAIS JE TREMBLE DE FROID...
...

L'ACCIDENT DONT A ÉTÉ VICTIME MON PÈRE, IL Y A TROIS ANS...
SI LE COUPABLE ÉTAIT TOUT PRÈS DE TOI... QU'EST-CE QUE TU FERAIS ?
A ÉTÉ PLANIFIÉ PAR QUELQU'UN...
MAIS COMMENT ÇA SE FAIT...
QUE SEOK-YEONG AIT LA CLÉ USB AVEC LA PREUVE... ?
VU QU'IL N'A PAS L'INTENTION DE ME LA LAISSER...
ÇA SIGNIFIE PEUT-ÊTRE QU'IL EST IMPLIQUÉ ?
NON, JE N'AVAIS JAMAIS VU CE TYPE AVANT, ALORS ON NE PEUT PAS DIRE QU'IL SOIT "TOUT PRÈS" DE MOI.
IL A MÊME DIT QU'IL ME DONNERAIT LA CLÉ USB, SI JE LE BATTAIS...
S'IL AVAIT ÉTÉ IMPLIQUÉ, IL AURAIT CACHÉ LA PREUVE DÈS LE DÉPART.
AAH... !
SERRE
ESSAYER DE TIRER DES CONCLUSIONS DE CETTE FAÇON NE FAIT QUE RENDRE LES CHOSES ENCORE PLUS COMPLIQUÉES...

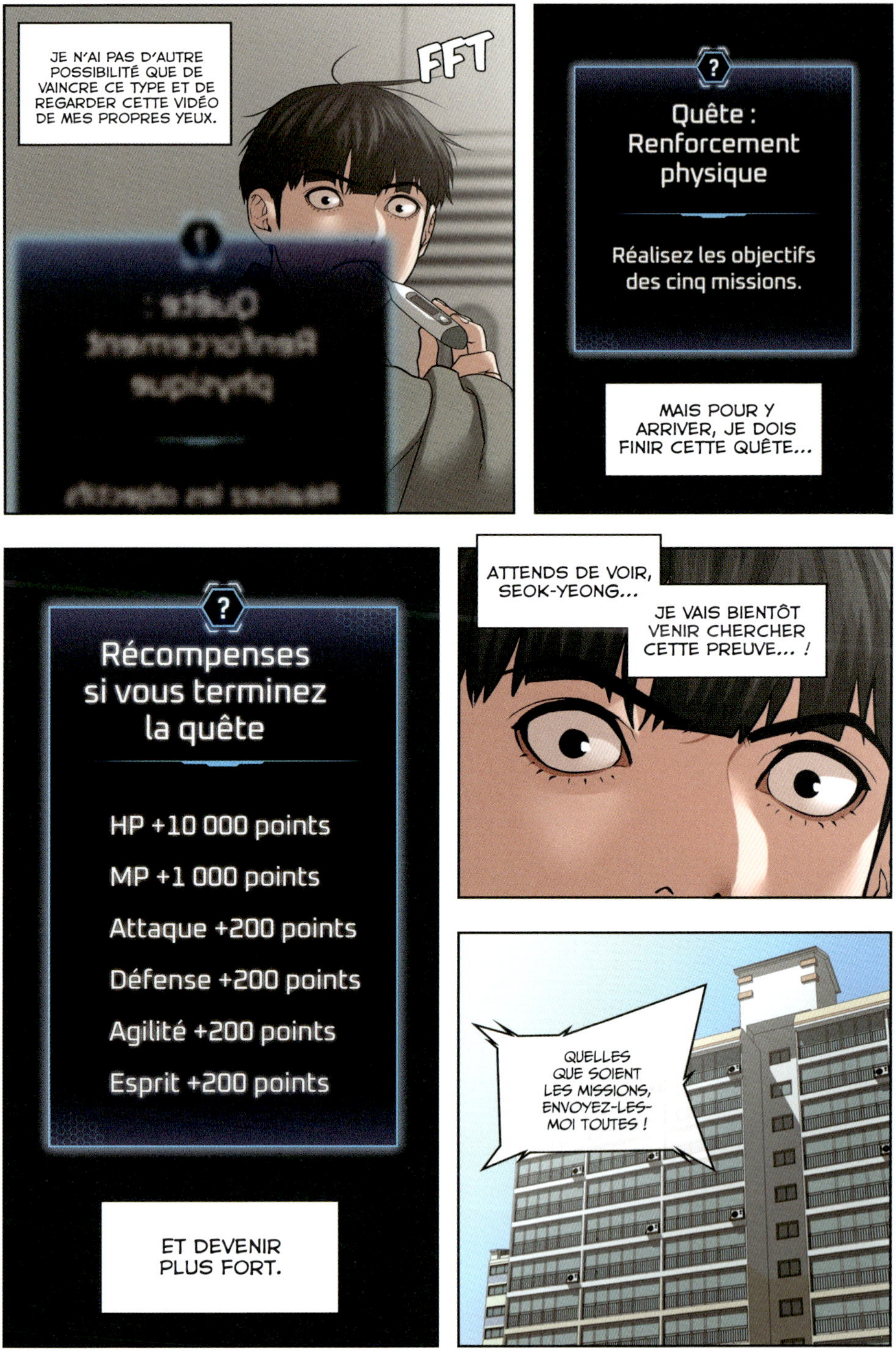

JE N'AI PAS D'AUTRE POSSIBILITÉ QUE DE VAINCRE CE TYPE ET DE REGARDER CETTE VIDÉO DE MES PROPRES YEUX.
FFT
Quête : Renforcement physique
Réalisez les objectifs des cinq missions.
MAIS POUR Y ARRIVER, JE DOIS FINIR CETTE QUÊTE…
Récompenses si vous terminez la quête
HP +10 000 points
MP +1 000 points
Attaque +200 points
Défense +200 points
Agilité +200 points
Esprit +200 points
ET DEVENIR PLUS FORT.
ATTENDS DE VOIR, SEOK-YEONG…
JE VAIS BIENTÔT VENIR CHERCHER CETTE PREUVE… !
QUELLES QUE SOIENT LES MISSIONS, ENVOYEZ-LES-MOI TOUTES !

Mission 1
?
Aller au lycée en faisant le pont
Distance restante : 49 869 mètres
?!
AARGH...
HÉ, IL ME RAPPELLE TON COPAIN, HA HA.
CHANCELLE
CHANCELLE
OUAH, TROP FLIPPANT... PARTONS VITE D'ICI.
JE CROIS QUE JE VAIS MOURIR DE HONTE.
C'EST VRAIMENT ÇA, LEUR "RENFORCEMENT PHYSIQUE" ?!
OUAH, ON DIRAIT TROP UN PROTOSS.
CLIC
CLIC
JE NE SUIS PAS CENSÉ FAIRE DES ABDOS, DES POMPES, DES FLEXIONS, OU DES TRUCS DU GENRE, NORMALEMENT ?!
... ENFIN, PEU IMPORTE... !
DÉTERMINÉ
SI C'EST POUR DEVENIR PLUS FORT...
JE PEUX BIEN FAIRE CE GENRE DE CHOSES !!!
TAP TAP TAP
AAAAAH !!!

Mission 2
Faire la chaise
Temps restant : 10 768 minutes
ARGH !
PAF
Mission 3
Attraper des pigeons à mains nues
Pigeons restants : 100
SPLAAAF
FLAP
FLAP
OUCH !
Mission 4
Se suspendre sous un toboggan
Temps restant : 7 184 minutes
PAF
AÏE !
Mission 5
Terminer le niveau extrême de Ning Fit
Progression : 0,3 %
COURONS AVEC ENTRAIN, J'AI DIT !
HUFF...
AARGH...
POUF
ALLEZ, UN PEU DE NERF !
Missions de renforcement physique
Pont
Chaise
Pigeons
Toboggan
Ning Fit
ÇA... ÇA SUFFIT... !

TOUDOUM
AU BOUT D'UNE SEMAINE.
CHOOSE ME
Bad Romance
HUFF
HUFF
DÉSOLÉ, PAPA...
JE PENSE QUE...
Quête : Renforcement physique
Progression :
2 %
C'EST TROP POUR MOI...
AU FAIT, MAINTENANT QUE J'Y PENSE...
LA VIDÉO QU'A SEOK-YEONG POURRAIT ÊTRE FABRIQUÉE...
APRÈS TOUT, ÇA N'A PAS DE SENS QU'UNE PREUVE APPARAISSE JUSTE COMME ÇA.

ET C'EST POSSIBLE QU'EUN-SEONG AIT MAL VU AUSSI.
C'EST VRAI, C'EST PLUS CRÉDIBLE DANS CE SENS-LÀ.
EN PLUS, COMME IL N'Y A PAS DE TEMPS LIMITE POUR CETTE QUÊTE, JE NE RISQUE PAS D'ÉCHOUER, ALORS...
JE POURRAIS PEUT-ÊTRE LAISSER TOM...
DE QUOI TU PARLES TOUT SEUL, COMME ÇA, SANS ARRÊT ?
?
SE-HUN ? TU ES LÀ DEPUIS QUAND ?!
Qu'est-ce que tu fais ici ?
?!
JE SUIS DANS MON QUARTIER, ÇA TE POSE UN PROBLÈME ?
POURQUOI TU N'ARRÊTES PAS DE SERRER LE TOBOGGAN DANS TES BRAS COMME UN CINGLÉ ?
MÊME SI JE RESPECTE TES GOÛTS, HA HA.
PFF
C'EST... C'EST PARCE QUE... EUH... JE SUIS UNE SORTE D'ENTRAÎNEMENT !
ET TOI ? POURQUOI TU LAISSES LA SALLE DE SPORT...
POUR VENIR FAIRE TES EXERCICES DANS UNE AIRE DE JEUX COMME CELLE-CI ?
...

EH BIEN, TU LE SAIS DÉJÀ...
MAIS, QUAND J'ÉTAIS AU COLLÈGE, J'ÉTAIS OBÈSE.
?
J'ÉTAIS TELLEMENT GROS...
QUE J'AVAIS TROP HONTE POUR ALLER À LA SALLE DE SPORT.
ALORS, JE VENAIS ICI LA NUIT, QUAND IL N'Y AVAIT PERSONNE, POUR FAIRE DE L'EXERCICE.
J'AI FAIT ÇA TOUS LES JOURS PENDANT PRESQUE DEUX ANS.
DEUX ANS... ?!
J'EN AI VRAIMENT CH*É.
LA PREMIÈRE ANNÉE...
J'AVAIS JUSTE ENVIE DE ME FRAPPER, HA HA.
JE NE LE SAVAIS PAS...
ENFIN, MAINTENANT, JE VIENS JUSTE ICI...
FAIRE DU SPORT DE TEMPS EN TEMPS, QUAND JE ME SENS NOSTALGIQUE.
COMPARÉ À LUI, JE...

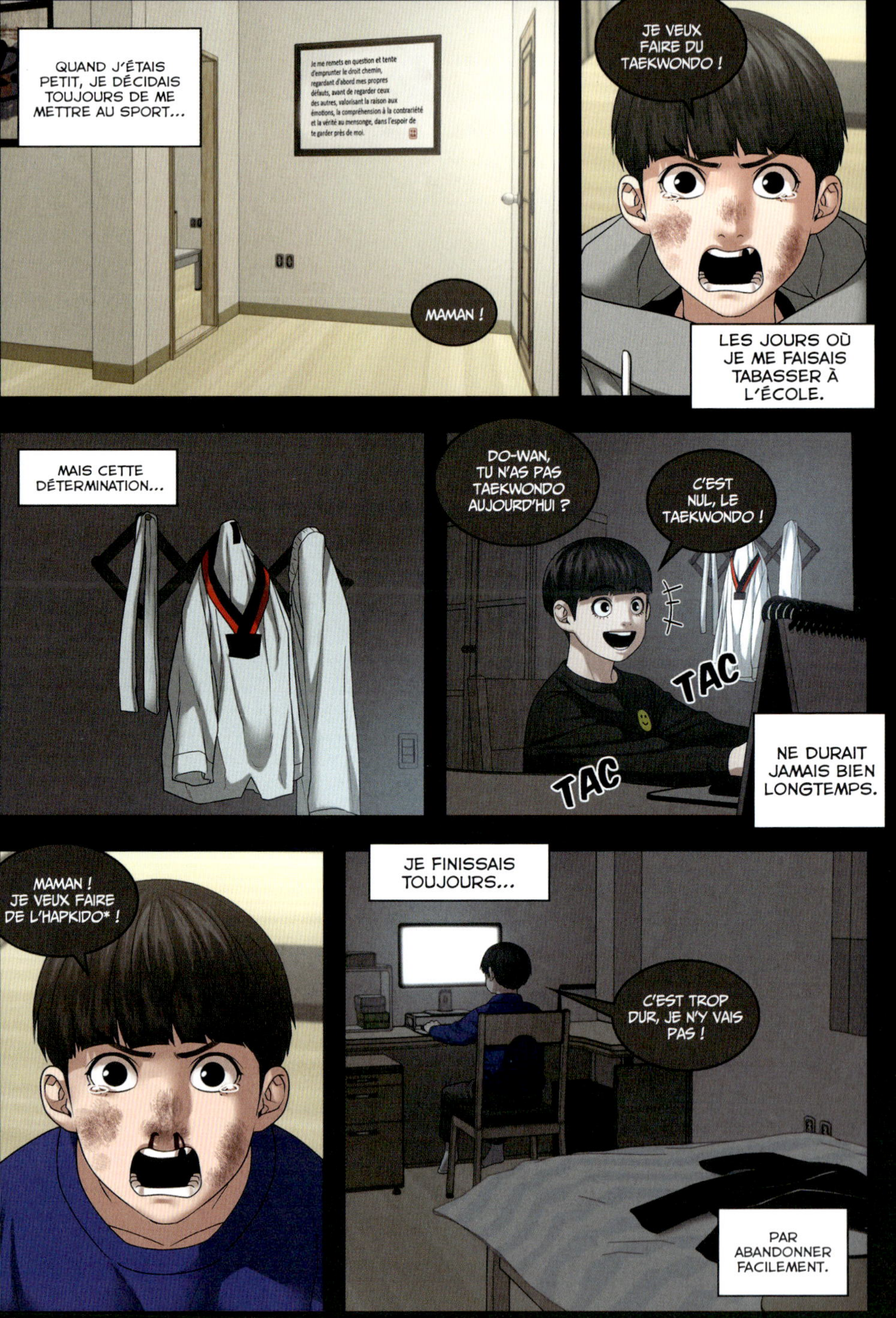

*UN ART MARTIAL CORÉEN.

TU NE CONTINUES PAS ?
HEIN ? QUOI DONC ?
TU SAIS, LE TRUC BIZARRE QUE TU FAISAIS.
TON "ENTRAÎNEMENT".
?
Missions de renforcement physique
Pont
Chaise
Pigeons
Toboggan
Ning Fit
?
Récompenses si vous terminez la quête
HP +10 000 points
MP +1 000 points
Attaque +200 points
Défense +200 points
Agilité +200 points
Esprit +200 points
...
C'EST VRAI... MÊME UNE RACAILLE COMME LUI FAIT DES EFFORTS...
DÉSOLÉ D'AVOIR ÉTÉ FAIBLE, PAPA.
HOP... !
TAC
CETTE FOIS...
J'ESSAIERAI DE TENIR JUSQU'AU BOUT !!!
AAAAAAAH !!!
OH, FERME-LA !
EN ACCÉLÉRANT LE TEMPS...

DEUX MOIS PLUS TARD.
CLIC
?
VU QUE JE N'AVAIS PAS DE NOUVELLES, JE PENSAIS QUE TU AVAIS PRIS LA FUITE…
CRIII
MAIS, TU ES VENU DE TOI-MÊME, FINALEMENT ?
DO-WAN.
?!
ENFIN, JE COMPRENDS QUE TU VEUILLES ÇA, MAIS…
TU TE SOUVIENS DE CE QUE JE T'AI DIT LA DERNIÈRE FOIS ?

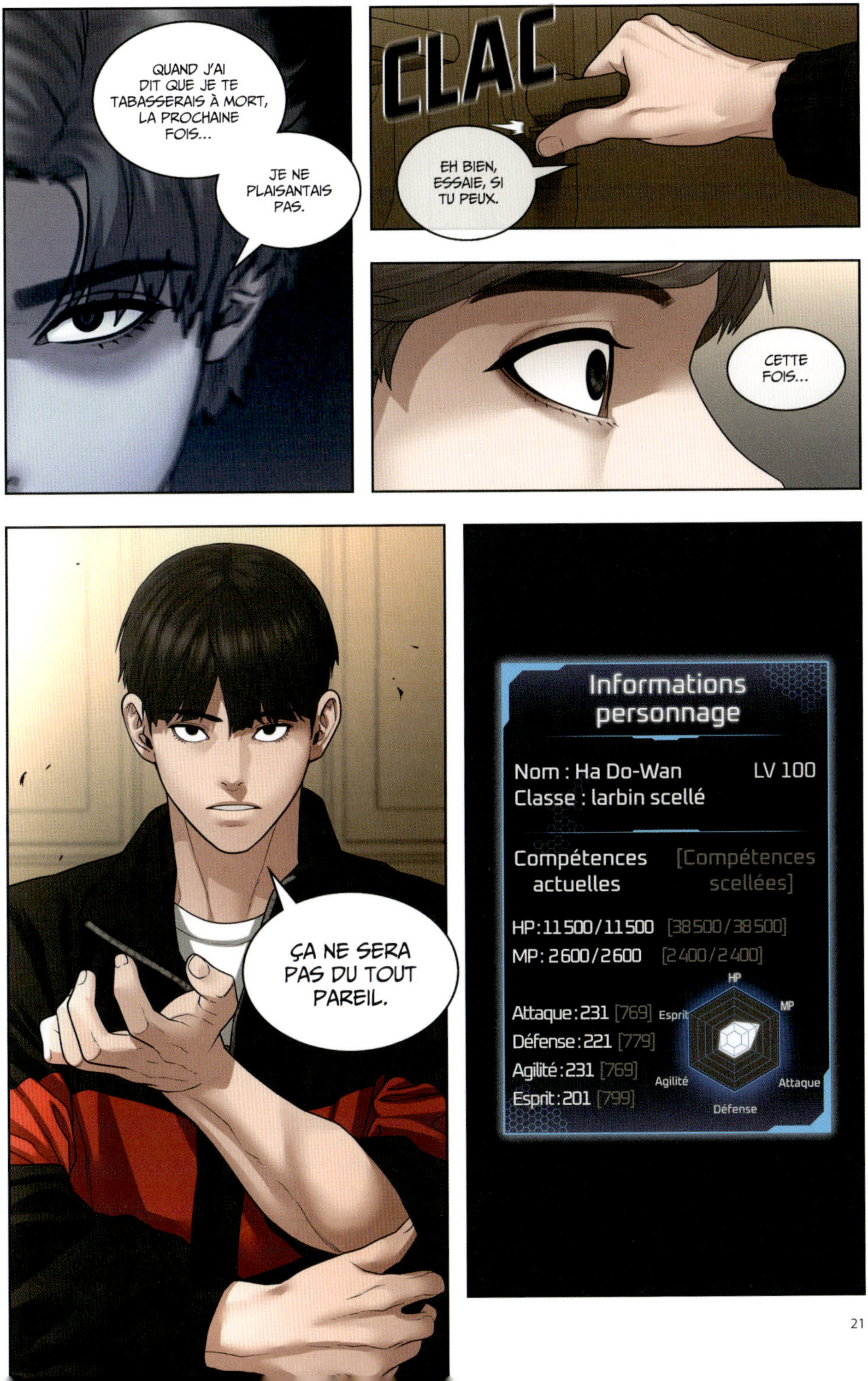
QUAND J'AI DIT QUE JE TE TABASSERAIS À MORT, LA PROCHAINE FOIS...
JE NE PLAISANTAIS PAS.
CLAC
EH BIEN, ESSAIE, SI TU PEUX.
CETTE FOIS...
ÇA NE SERA PAS DU TOUT PAREIL.
Informations personnage
Nom : Ha Do-Wan LV 100
Classe : larbin scellé
Compétences actuelles [Compétences scellées]
HP : 11 500/11 500 [38 500/38 500]
MP : 2 600/2 600 [2 400/2 400]
Attaque : 231 [769]
Défense : 221 [779]
Agilité : 231 [769]
Esprit : 201 [799]
HP
MP
Attaque
Défense
Agilité
Esprit

REALITY QUEST

CHAPITRE 28

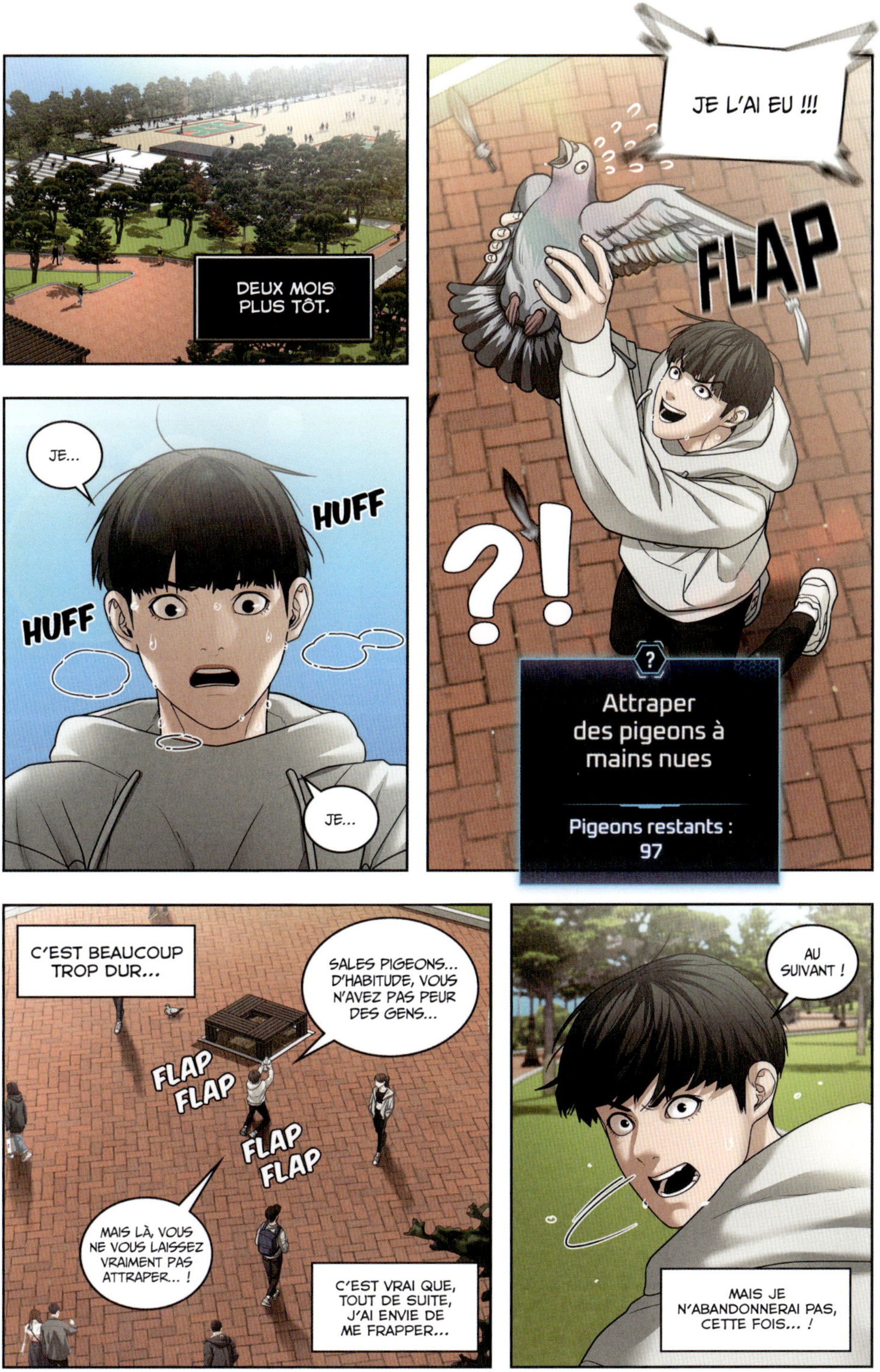
DEUX MOIS PLUS TÔT.
JE...
HUFF
HUFF
JE...
JE L'AI EU !!!
FLAP
?!
Attraper des pigeons à mains nues
Pigeons restants : 97
C'EST BEAUCOUP TROP DUR...
SALES PIGEONS... D'HABITUDE, VOUS N'AVEZ PAS PEUR DES GENS...
FLAP FLAP
FLAP FLAP
MAIS LÀ, VOUS NE VOUS LAISSEZ VRAIMENT PAS ATTRAPER... !
C'EST VRAI QUE, TOUT DE SUITE, J'AI ENVIE DE ME FRAPPER...
AU SUIVANT !
MAIS JE N'ABANDONNERAI PAS, CETTE FOIS... !

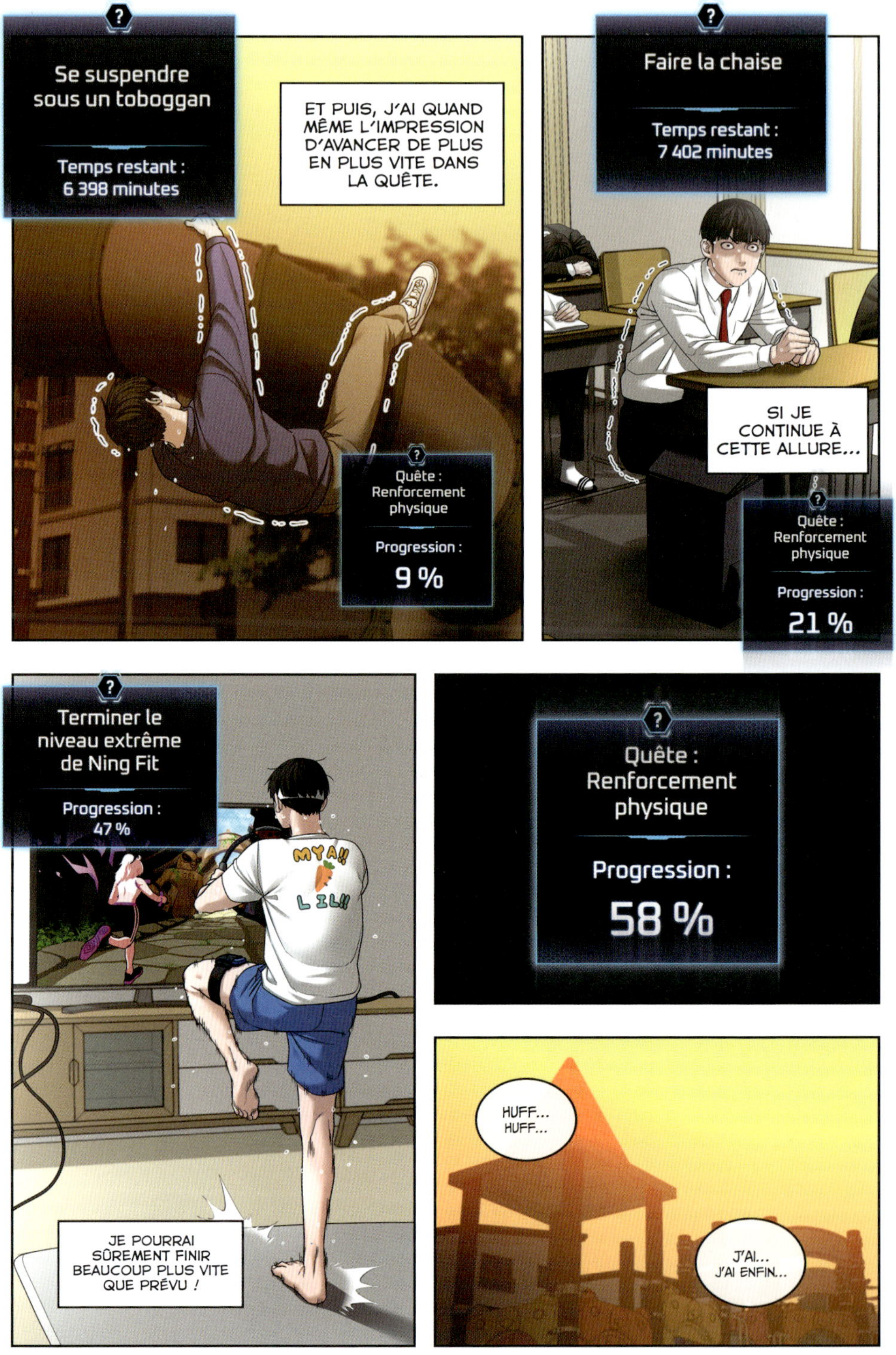
Se suspendre sous un toboggan
Temps restant : 6 398 minutes
ET PUIS, J'AI QUAND MÊME L'IMPRESSION D'AVANCER DE PLUS EN PLUS VITE DANS LA QUÊTE.
Quête : Renforcement physique
Progression : 9 %
Faire la chaise
Temps restant : 7 402 minutes
SI JE CONTINUE À CETTE ALLURE...
Quête : Renforcement physique
Progression : 21 %
Terminer le niveau extrême de Ning Fit
Progression : 47 %
JE POURRAI SÛREMENT FINIR BEAUCOUP PLUS VITE QUE PRÉVU !
Quête : Renforcement physique
Progression : 58 %
HUFF... HUFF...
J'AI... J'AI ENFIN...

?
Quête :
Renforcement
physique
Progression :
100 %
!!
RÉUSSI !!!
?
Missions de
renforcement physique
clear! Pont
clear! Chaise
clear! Pigeons
clear! Toboggan
clear! Ning Fit
DILING
Quête :
Renforcement
physique
Achevée
!
Récompense
de quête
Vos compétences
ont augmenté.
?!

DILING
Augmentation de la défense
21 ▶ 221
DILING
Augmentation des HP
1500 ▶ 11500
DILING
Augmentation des MP
1600 ▶ 2600
Augmentation de l'agilité
31 ▶ 231
DILING
Augmentation de la force
31 ▶ 231
DILING
Augmentation de l'esprit
1 ▶ 201
DILING

...
EST-CE QUE... QUELQUE CHOSE A CHANGÉ... ?
JE NE SENS POURTANT RIEN DE PARTICULIER...
ENFIN, JE PEUX TOUJOURS VÉRIFIER MOI-MÊME...
Informations personnage
Nom : Ha Do-Wan
LV 100
Classe : larbin scellé
Compétences actuelles
[Compétences scellées]
HP : 11 500/11 500 [38 500/38 500]
MP : 2 600/2 600 [2 400/2 400]
Attaque : 231 [769]
Défense : 221 [779]
Agilité : 231 [769]
Esprit : 201 [799]
HP
MP
Attaque
Défense
Agilité
Esprit
ATTENDS VOIR, PAPA.
JE VAIS DÉCOUVRIR CE QU'IL S'EST PASSÉ LE JOUR DE TA MORT...
CE QUE VALENT TOUS CES CHIFFRES.
COÛTE QUE COÛTE !

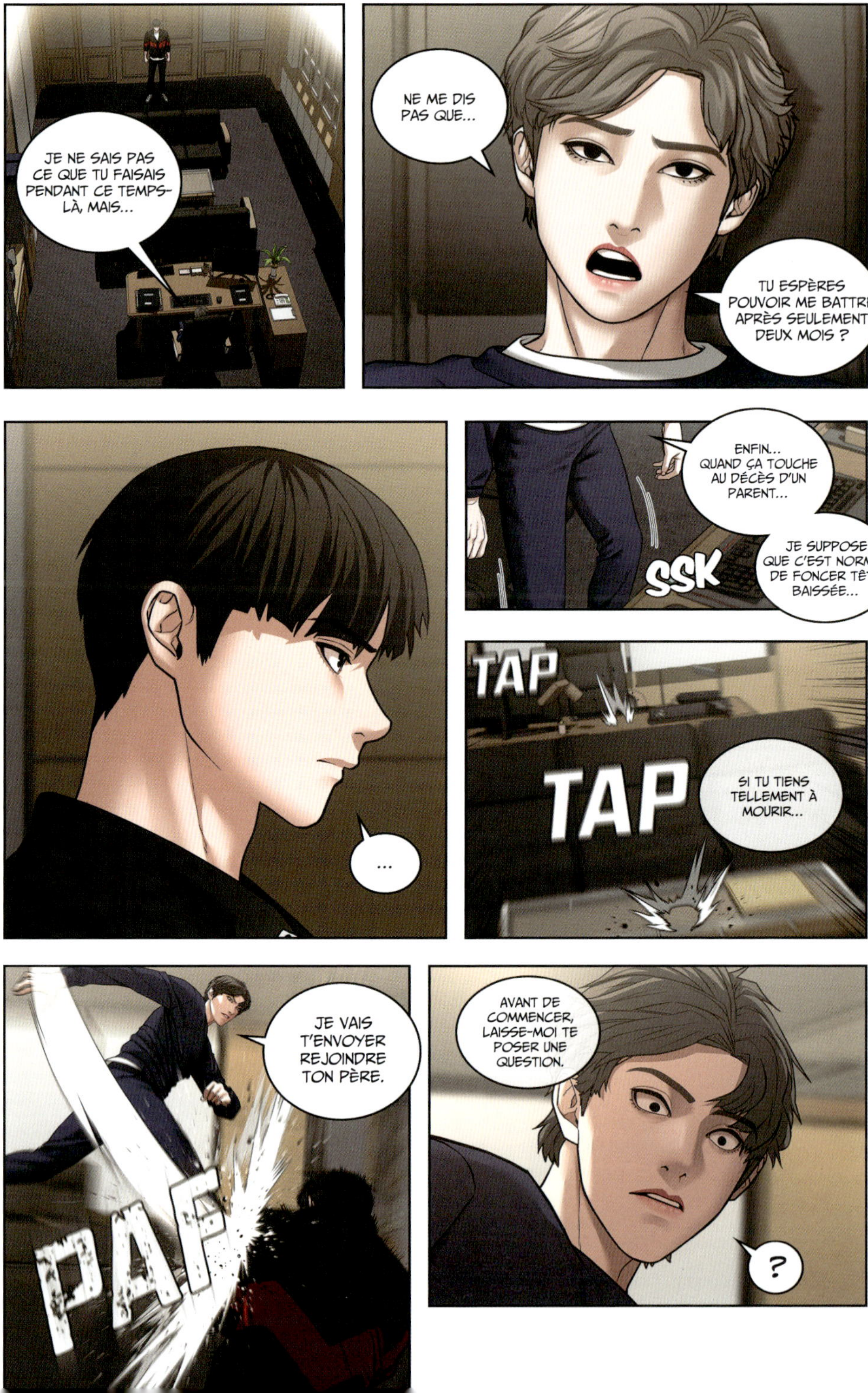
JE NE SAIS PAS CE QUE TU FAISAIS PENDANT CE TEMPS-LÀ, MAIS...
NE ME DIS PAS QUE...
TU ESPÈRES POUVOIR ME BATTRE APRÈS SEULEMENT DEUX MOIS ?
...
ENFIN... QUAND ÇA TOUCHE AU DÉCÈS D'UN PARENT...
SSK
JE SUPPOSE QUE C'EST NORMAL DE FONCER TÊTE BAISSÉE...
TAP
TAP
SI TU TIENS TELLEMENT À MOURIR...
JE VAIS T'ENVOYER REJOINDRE TON PÈRE.
PAF
AVANT DE COMMENCER, LAISSE-MOI TE POSER UNE QUESTION.
?

LA PREUVE, TU L'AS EUE OÙ ?
?!
TAP
IL L'A BLOQUÉ ?
VOYEZ-VOUS ÇA... ?
JE L'AI MANQUÉ DE PEU... ?
TAP
POURQUOI JE DEVRAIS TE LE DIRE ?
BIM

TU N'ES PAS OBLIGÉ DE ME RÉPONDRE TOUT DE SUITE...
DE TOUTE FAÇON...
TU FINIRAS PAR TOUT CRACHER.
?!
À TON AVIS, EUN-SEONG...
LE COUPABLE QUE L'ON VOIT DANS CETTE VIDÉO...
C'EST BIEN CE QUE JE PENSE ?
...

OUI.
JE SAVAIS BIEN QUE J'AURAIS DÛ TE LA MONTRER DÈS LE DÉBUT.
ELLE POURRA PEUT-ÊTRE ME SERVIR PLUS TARD.
TU NE DEVRAIS PAS PLUTÔT LA REMETTRE À DO-WAN ?
POURQUOI E LUI DONNERAIS NE PREUVE AUSSI PRÉCIEUSE ?
LA MORT DE SON DARON NE ME CONCERNE PAS.
SI ÇA TE PRÉOCCUPE, TU N'AS QU'À LUI RÉVÉLER...
L'IDENTITÉ DU COUPABLE.
NON... À MOINS QU'IL NE LE VOIE DE SES PROPRES YEUX...
IL NE SERA SANS DOUTE PAS CONVAINCU.
QUOI QU'IL EN SOIT, SACHE QUE JE N'AI PAS L'INTENTION DE LA LUI LAISSER.
ENFIN, IL PEUT TOUJOURS VENIR LA CHERCHER LUI-MÊME, APRÈS.
MÊME SI ON LUI DIT SIMPLEMENT QUI A FAIT ÇA...
TAC
IL SE PRÉCIPITERA CERTAINEMENT ENCORE PLUS POUR TROUVER LA VIDÉO.
DE TOUTE FAÇON...

IL NE POURRA JAMAIS LA PRENDRE.
C'EST QUOI, CE DÉLIRE... ?

CE TYPE EST VRAIMENT...

LE MOLLASSON DE LA DERNIÈRE FOIS ?
Supreme
UN CHANGEMENT PAREIL EN SEULEMENT DEUX MOIS, C'EST POURTANT...

IMPOSSIBLE !
BAM
BAM
TU N'AS AMÉLIORÉ QUE TON ENDURANCE, D'APRÈS CE QUE JE VOIS.
BAM
BAM
BAM
BAM
SWOOSH
COMBIEN DE TEMPS TU PENSES POUVOIR TENIR COMME ÇA ?
BON, MAINTENANT...
?!
Défense
21 ▶ 221
JE VOIS À PEU PRÈS QUEL EST MON NIVEAU DE DÉFENSE.

VLAAAM
BANG
HÉ.
TU FAIS EXPRÈS...
DE NE PAS ATTAQUER, PAS VRAI ?
Agilité
31 ▶ 231
QUANT À L'AGILITÉ, JE DOIS ÊTRE À CE NIVEAU-LÀ.

IL NE POURRA JAMAIS LA PRENDRE, TU DIS...
?
CLING
JE SAIS QU'IL A DISTRIBUÉ DES COUPS PAR-CI PAR-LÀ, CES DERNIERS TEMPS...
MAIS, DE TOUTE FAÇON...
SES ADVERSAIRES N'ÉTAIENT TOUS QUE MENU FRETIN.
TU CROIS QU'UN TYPE PAREIL POURRAIT SE MESURER À MOI ?
C'EST SÛR QU'IL NE FAIT PAS LE POIDS.
ÉVIDEMMENT QU'IL NE...
POUR L'INSTANT.
QU'EST-CE QUE TU VEUX DIRE ?

JE N'EN SUIS PAS SÛR MOI-MÊME.
JE N'AI PAS VRAIMENT DE PREUVES DE CE QUE J'AVANCE, MAIS...
SSK
C'EST JUSTE QU'IL A QUELQUE CHOSE DE PARTICULIER.
PLIC PLOC
C'EST DE ÇA QU'IL PARLAIT... ?
MON RESSENTI DE LA DERNIÈRE FOIS ÉTAIT DONC JUSTE...
MAINTENANT QUE JE T'AI AFFRONTÉ MOI-MÊME, JE COMPRENDS MIEUX.
TES MOUVEMENTS ONT UN CÔTÉ UN PEU... IRRÉALISTE.
C'EST QUOI, CE DÉLIRE, AU JUSTE ?
?!

ÇA N'A ABSOLUMENT AUCUN SENS...
ÇA NE SERAIT PAS LA FORCE DE LA FAMILLE... OU UN TRUC DU GENRE ?
C'EST COMME L'AUTRE JOUR...
INTÉRESSANT.
L'ATMOSPHÈRE A BRUSQUEMENT CHANGÉ.
TAP
OUAH... DANS CE CAS...
TU DEVRAIS REMERCIER TON PÈRE DÉCÉDÉ, NON ?
BIM
?!

ARGH... !
TU AS L'AIR DE BIEN T'AMUSER...
BANG

MAIS FINI DE RIRE, MAINTENANT.

REALITY QUEST

CHAPITRE 29

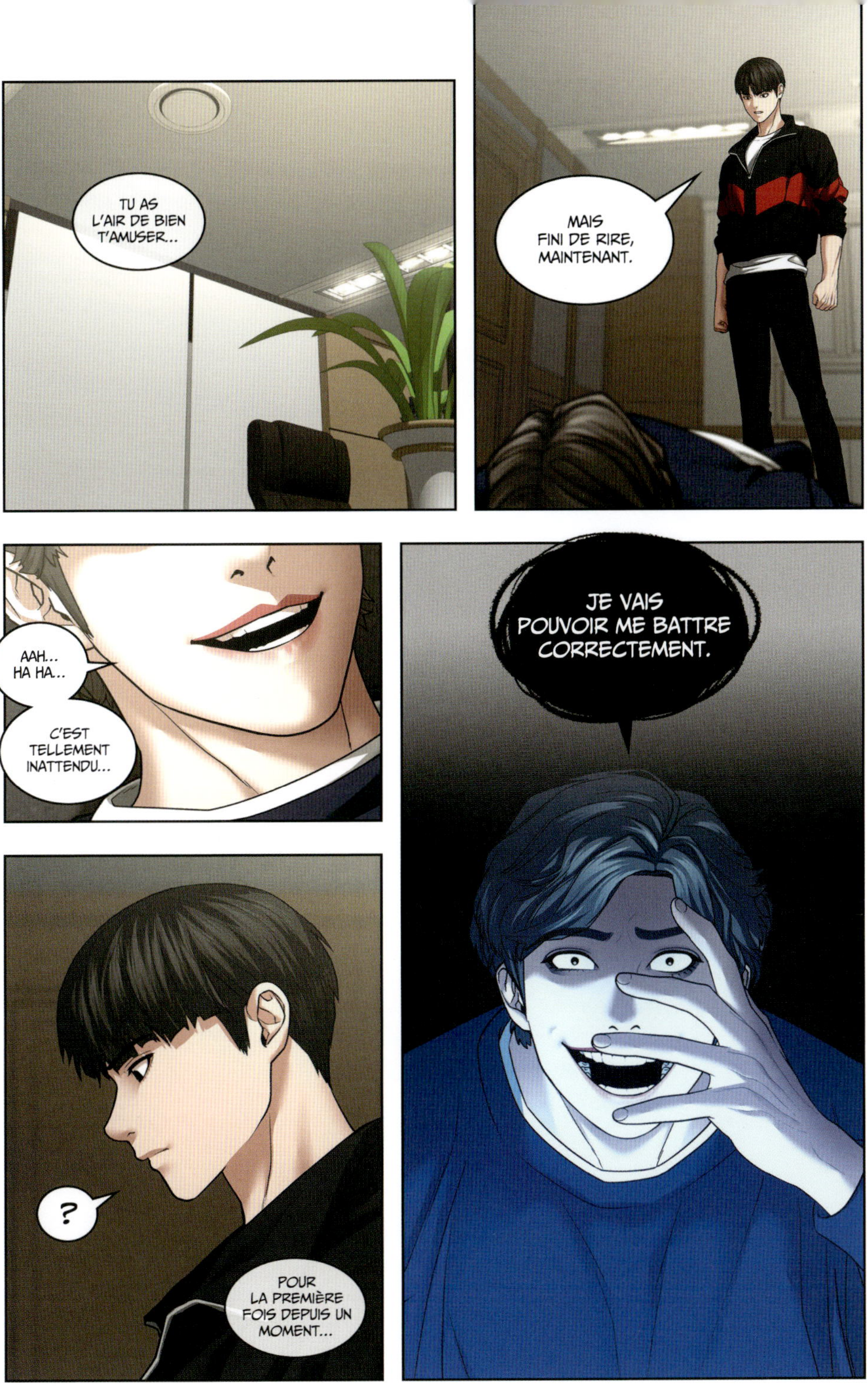
TU AS L'AIR DE BIEN T'AMUSER...
MAIS FINI DE RIRE, MAINTENANT.
AAH... HA HA...
C'EST TELLEMENT INATTENDU...
?
POUR LA PREMIÈRE FOIS DEPUIS UN MOMENT...
JE VAIS POUVOIR ME BATTRE CORRECTEMENT.

EUH… BAEK-CHANG… ?
?
JE VOULAIS JUSTE TE DIRE QUE…
ON N'ARRÊTE PAS DE RECEVOIR DES ALERTES DU SYSTÈME DE SÉCURITÉ DU BUREAU DES RESSOURCES HUMAINES DE BONGCHEON.
HEIN ?
Ji Baek-Chang
Chef adjoint de Bongcheon
SEOK-YEONG N'EST PAS JUSTE-MENT CENSÉ ÊTRE AU BUREAU À CETTE HEURE-LÀ ?
SI, C'EST POUR ÇA QUE JE PENSAIS AUSSI QUE CE N'ÉTAIT RIEN, AU DÉBUT, MAIS…
LES ALERTES NE S'ARRÊTENT PAS… ON FAIT QUOI ?
IL DIT QUOI, LE MESSAGE D'ALERTE ?
EH BIEN… DEPUIS PLU-SIEURS MINUTES, IL RÉPÈTE QUE…

DE FORTES VIBRATIONS SONT DÉTECTÉES.
BANG
QUE TU AIES AUTANT CHANGÉ EN SEULEMENT DEUX MOIS...
SWOOSH
C'EST VRAIMENT IMPRESSIONNANT, DIS DONC.
BAM
BAM
BAM
MAIS, PENDANT TOUT CE TEMPS...
TAC
?!

TU N'AS PAS GAGNÉ D'EXPÉRIENCE EN COMBAT RÉEL, ON DIRAIT.
?!
PAF
BABOUM
FIOU...
J'AI EU CHAUD...

PAS MAL !
WOOSH
!!
BIM
BOUM
TCHAC
ARGH...
PTT
EST-CE QUE... TU AS TOUJOURS ÉTÉ AUSSI BAVARD ?

AAH… ON DIRAIT QU'À L'IDÉE DE POUVOIR ME BATTRE CORRECTEMENT…
JE ME SUIS EXCITÉ, SANS LE VOULOIR.
?!
OUAH… COMME C'EST LA PREMIÈRE FOIS QU'UN HOMME ME DIT ÇA, ON DIRAIT QUE…
MON POING EST PARTI SANS LE VOULOIR.
BIM
?!
PAF
ARGH… !
C'EST QUOI, CE TYPE… ?

NE ME DIS PAS...
BAM
BAM
... QUE C'EST TOUT CE QUE TU AS ?
BAM
SES MOUVEMENTS SONT DE PLUS EN PLUS RAPIDES ?!
QU'EST-CE QUE TU FOUS ?
VLAM
SI TU CONTINUES COMME ÇA, TU NE POURRAS JAMAIS...
ÇA VEUT DIRE QUE, DEPUIS LE DÉBUT...
RÉCUPÉRER LA CLÉ USB.
TCHAC
IL NE SE BATTAIT PAS SÉRIEUSEMENT ?

TU TE TROMPES.
?!
MOI NON PLUS, EN FAIT.
BIM
J'AI JUSTE À LA PRENDRE DE FORCE !
MON ADVERSAIRE EST FORT, MAIS IL NE ME FAIT PAS PEUR...
ET MÊME S'IL NE ME LAISSE PAS LE TEMPS DE SOUFFLER...
TA
TAP
J'ARRIVE À ANTICIPER CALMEMENT SES MOUVEMENTS...
ÇA SERAIT L'EFFET DE LA PUISSANCE D'ESPRIT ?
J'AI COMPRIS, GRÂCE À TOI.
Esprit
1 ▶ 201

ALLEZ, DONNE-LA-MOI.
TAP
AVEC ÇA, J'AI À PEU PRÈS FINI D'ÉVALUER MES CAPACITÉS...
ALORS, ESSAYONS DE FINIR CE COMBAT, MAINTENANT.
BIM
BIM
!!
JE SAVAIS BIEN QUE TU CACHAIS QUELQUE CHO...
BAM
BAM
BAM
CE N'EST PLUS QU'UNE PERTE DE TEMPS.

WOOSH
UNE PERTE DE TEMPS ?
CE N'EST QUE LE DÉBUT, POURTANT !
VLAN
S'ENFONCE
NON... AU CONTRAIRE...
C'EST LA FIN, JUSTEMENT.
?!
Attaque
31 ▸ 231
TCHAC
OUCH !!!

ZZZT
Coup critique
PAF
BADABOUM
OUAH... J'AI SORTI UN COUP CRITIQUE... ?

JE DEVAIS LUI DEMANDER OÙ IL A EU LA PREUVE...
MAIS IL EST COMPLÈTEMENT K.-O., LÀ.
!!
ENFIN, POUR L'INSTANT, CE N'EST PAS LE PLUS IMPORTANT, ALORS...
QUOI QU'IL EN SOIT...
JE PRENDS ÇA AVEC MOI.
TAC

ET COMME ÇA ME PRÉOCCUPAIT, J'AI FINI PAR VENIR JUSQU'AU BUREAU.
SEOK-YEONG NE RÉPOND TOUJOURS PAS AU TÉLÉPHONE ?
TOUJOURS PAS.
TSK.. JE NE SUIS PAS SÛR, MAIS JE PENSE QU'IL S'EST PASSÉ QUELQUE CHOSE...
AAH... JE DÉTESTE LES MAUVAIS PRESSENTIMENTS, B*RDEL !
?!
ALLEZ, MONTE VITE VÉRIFIER, ENF*IRÉ.
D'ACCORD !
TAP
TAP
HM.. ?

BAE... BAEK-CHANG... ! IL Y A...
?!
EUN-SEONG... ?
QU'EST-CE QUE TU FOUS ICI, B*RDEL ?
JE BLOQUE LE PASSAGE POUR QUE PERSONNE NE MONTE.
...
AH... ! REGARDEZ-LE PRENDRE SES P*TAINS DE GRANDS AIRS SUR LE TERRITOIRE D'UN AUTRE...
JE ME DEMANDAIS POURQUOI LE SYSTÈME DE SÉCURITÉ SONNAIT COMME ÇA...
IL DOIT VRAIMENT SE PASSER QUELQUE CHOSE LÀ-HAUT, ALORS.
ET VU QUE TU RESTES TRANQUILLEMENT ASSIS ICI... JE DIRAIS QUE SEOK-YEOK NE DOIT PAS ÊTRE LÀ...
...

ENFIN, ÇA N'A PAS D'IMPORTANCE PARCE QUE VOUS ÊTES TOUS FOUTUS, DE TOUTE FAÇON.
TU VOIS, J'AI FAIT VENIR TOUS LES MEMBRES DE BONGCHEON...
AU CAS OÙ IL Y AURAIT UN PROBLÈME.
?!
JE TE POSE LA QUESTION UNE DERNIÈRE FOIS...
QU'EST-CE QUE TU ES VENU FAIRE ICI ?
JE TE L'AI DIT, JE BLOQUE LE PASSAGE POUR QUE PERSONNE NE MONTE.
AAH... TU NE COMPRENDS PAS LA SITUATION, ON DIRAIT.

ENFIN, CE N'EST PAS GRAVE. TU COMPRENDRAS BIEN ASSEZ TÔT...
QUAND ON VOUS AURA DÉFONCÉS, TOI ET TA BANDE DE VOLEURS.
SPÉCIALITÉS GYEONGJU PAINS DE G
FFT
TU VEUX QUE JE ME BATTE... ?
TAP
PERSON-NELLEMENT, ÇA NE ME DÉRANGE PAS, MAIS...
TAP
TU ES SÛR QUE ÇA VA ALLER ?
PARCE QUE, MAINTENANT...
C'EST À VOTRE TOUR DE ME BLOQUER.

REALITY
QUEST

REALITY QUEST

CHAPITRE 30

ALORS, C'ÉTAIT POUR ÇA...
JE N'AURAIS JAMAIS PENSÉ QUE TU CONNAISSAIS MON PÈRE.
...
QUOI QU'IL EN SOIT, TU COMPTES FAIRE QUOI, MAINTE-NANT ?
ÇA NE PRENDRA PAS TROP LONGTEMPS.
JE VAIS Y RETOURNER ET RÉCUPÉRER LA CLÉ USB AVEC LA PREUVE.
CETTE FOIS, SEOK-YEONG M'A PEUT-ÊTRE BATTU À PLATE COUTURE, MAIS J'AI TROUVÉ UN MOYEN DE GAGNER.
DÈS QUE JE SERAI PRÊT, JE VEUX ALLER VOIR CE TYPE...
ET VÉRIFIER LA PREUVE DE MES PROPRES YEUX.

DONNE-MOI L'ADRESSE DU BUREAU DES RESSOURCES HUMAINES DE BONGCHEON...
J'Y VAIS AUJOURD'HUI.
S'IL TE PLAÎT.
AUJOURD'HUI, ON DIRAIT QUE C'EST MOI QUI SUIS VENU VOUS ATTAQUER, ALORS...
JE VAIS D'ABORD VOUS LAISSER LE CHOIX ENTRE DEUX OPTIONS.
SOIT VOUS ABANDONNEZ ICI,
SOIT VOUS ATTAQUEZ MAINTENANT.

AH, BIEN SÛR...
TOUS EN MÊME TEMPS, JE VEUX DIRE.
?!
J'AI HORREUR DE FAIRE TRAÎNER LES CHOSES.
QU'EST-CE QU'IL M'ARRIVE ?
JE SAIS BIEN QU'EUN-SEONG N'EST PAS UNE PERSONNE ORDINAIRE...
MAIS QU'EST-CE QUE ÇA PEUT FAIRE ?
ON EST AU MOINS QUARANTE...
...?
C'EST IMPOSSIBLE QU'UN SEUL MEC PUISSE NOUS TENIR TÊTE, NON ?
ALORS...
BAEK-CHANG... ?
FAIT CH*ER...
POURQUOI JE SUIS EN TRAIN D'HÉSITER... ?

POURQUOI JE SUIS AUSSI INTIMIDÉ, AU JUSTE ?!
!!
?
OH ?
QU'EST-CE QUE TU FAIS ICI, EUN... ?
HEIN... ? MAIS C'EST LE BOSS DU DONJON... ?!
HM.. ?
C'EST QUOI, TOUT CE MONDE ?!

DO-WAN... ?
QU'EST-CE QUE TU FAISAIS LÀ-HAUT, ENF... ?
TAP TAP
JE T'AI POURTANT DIT QUE...
J'AVAIS HORREUR DE FAIRE TRAÎNER LES CHOSES.
SERRE
ARGH... !
LES GARS... POUSSEZ-VOUS...!
?!
P*TAIN DE M*RDE !!!
TAP
TAP
TAP
ATTENDEZ VOIR, ENF*IRÉS...!
DÈS QUE J'AURAI COMPRIS CE QU'IL SE PASSE
CLAC
JE VOUS LE FERAI PAY...

QUOI...?
SEOK-YEONG... TU ÉTAIS LÀ ?!
HUFF
MAIS... IL S'EST PASSÉ QUOI ICI ? POURQUOI TU ES DANS CET ÉTAT ?
QU'EST-CE QU'IL EST VENU FAIRE ICI, CET ENF*IRÉ DE DO...?!
OH, VOUS ÊTES LÀ. VOUS EN FAITES, DU BOUCAN...
PAS LA PEINE DE FAIRE DES HISTOIRES, CE N'EST RIEN.
DO-WAN... IL CACHE CLAIREMENT QUELQUE CHOSE DE SPÉCIAL.
BON, MAINTENANT QUE TU ES LÀ, DIS AUX GARS DE NETTOYER UN PEU TOUT ÇA.
HEIN...? OK...
LA PROCHAINE FOIS QUE JE LE VERRAI...
JE DÉCOUVRIRAI CE QUE C'EST.

AU FAIT EUN-SEONG, POURQUOI TU ES VENU ICI ?
C'EST À CAUSE DE MOI...?
COMMENCE PAR REGARDER LA VIDÉO, JE T'EXPLIQUERAI APRÈS.
...
OK...
SSK
JE PEUX ENFIN SAVOIR...
CE QU'IL S'EST PASSÉ LE JOUR DE L'ACCIDENT.
TAC
AM05
20XX/XX/XX 18:56:27
OH... ? C'EST LA VOITURE DE MON PÈRE...
!
LA VIDÉO ÉTAIT COURTE.

IL Y A UNE PERSONNE DERRIÈRE LA.. ?
SON VISAGE ÉTAIT COMPLÈTEMENT RECOUVERT, DONC ON NE POUVAIT PAS VOIR QUI C'ÉTAIT.
MAIS UNE CHOSE ÉTAIT SÛRE.
L'HOMME SUSPECT, QUI PORTAIT UN MASQUE ET UNE CASQUETTE...
FAISAIT QUELQUE CHOSE QU'IL NE FALLAIT PAS À LA VOITURE DE MON PÈRE.
L'ACCIDENT DE MON PÈRE A ÉTÉ PROVOQUÉ PAR UNE DÉFAILLANCE DES FREINS...
LA PERSONNE SUR LA VIDÉO NE LES AURAIT QUAND MÊME PAS SABOTÉS... ?
MAIS CE N'EST PAS POSSIBLE DE SAVOIR QUI C'EST AVEC SEULEMENT...

AH... !
SI LE COUPABLE ÉTAIT TOUT PRÈS DE TOI...
QU'EST-CE QUE TU FERAIS ?
EN Y REPENSANT...
TU M'AVAIS DIT QUE LE COUPABLE ÉTAIT TOUT PRÈS DE MOI...
ÇA VEUT DIRE QUE TU SAIS QUI C'EST ?!
REGARDE BIEN LES VÊTEMENTS QU'IL PORTE DANS LA VIDÉO.
QU'EST-CE QU'ILS ONT, SES VÊTE... ?
Shelter
NE ME DIS PAS QUE...

TU EN PENSES QUOI, DO-WAN ?!
Shelter
J'AI FAIT CE SWEAT POUR LE REFUGE DU SOLEIL, ÇA REND BIEN, HEIN ?
ÇA CRAINT.
QUOI ?!
IL N'Y A AUCUNE CHANCE QUE DES RACAILLES SE BALADENT AVEC ÇA SUR LE DOS.
POURQUOI TU FAIS UN TRUC PAREIL, ALORS QUE ÇA NE SERT À RIEN ?
...
"LE SENTIMENT D'APPARTE-NANCE".
?
VOIS-TU, AU REFUGE, CE SONT PRINCIPALEMENT DES ENFANTS QUI ERRENT SEULS...
SANS AVOIR D'ENDROIT OÙ SE REPOSER, QUE CE SOIT PHYSIQUEMENT OU MENTALEMENT.
MAIS, GRÂCE À CETTE CHOSE INSIGNIFIANTE, UN SENTIMENT D'APPAR-TENANCE PEUT SE FORMER !

DE CETTE FAÇON, LES ENFANTS DU REFUGE FINIRONT PAR SE REPOSER LES UNS SUR LES AUTRES...
ET CHANGERONT PEU À PEU, EN EXERÇANT MUTUELLEMENT UNE BONNE INFLUENCE LES UNS SUR LES AUTRES.
ALORS ? C'EST VRAI QU'IL NE PAIE PAS DE MINE...
MAIS C'EST VACHEMENT CLASSE COMME VÊTEMENT, HEIN ?
TU VEUX DIRE QUE...
Shelter
LE COUPABLE EST UNE PERSONNE DU REFUGE... ?
ÉVIDEMMENT, AVEC SEULEMENT LE SWEAT COMME PREUVE...
ON NE PEUT PAS AFFIRMER CATÉGORIQUEMENT QUE LE COUPABLE EST UN MEMBRE DU REFUGE...
MAIS JE PENSE QU'IL Y A DES CHANCES QUE CE SOIT LE CAS.
SERRE
...

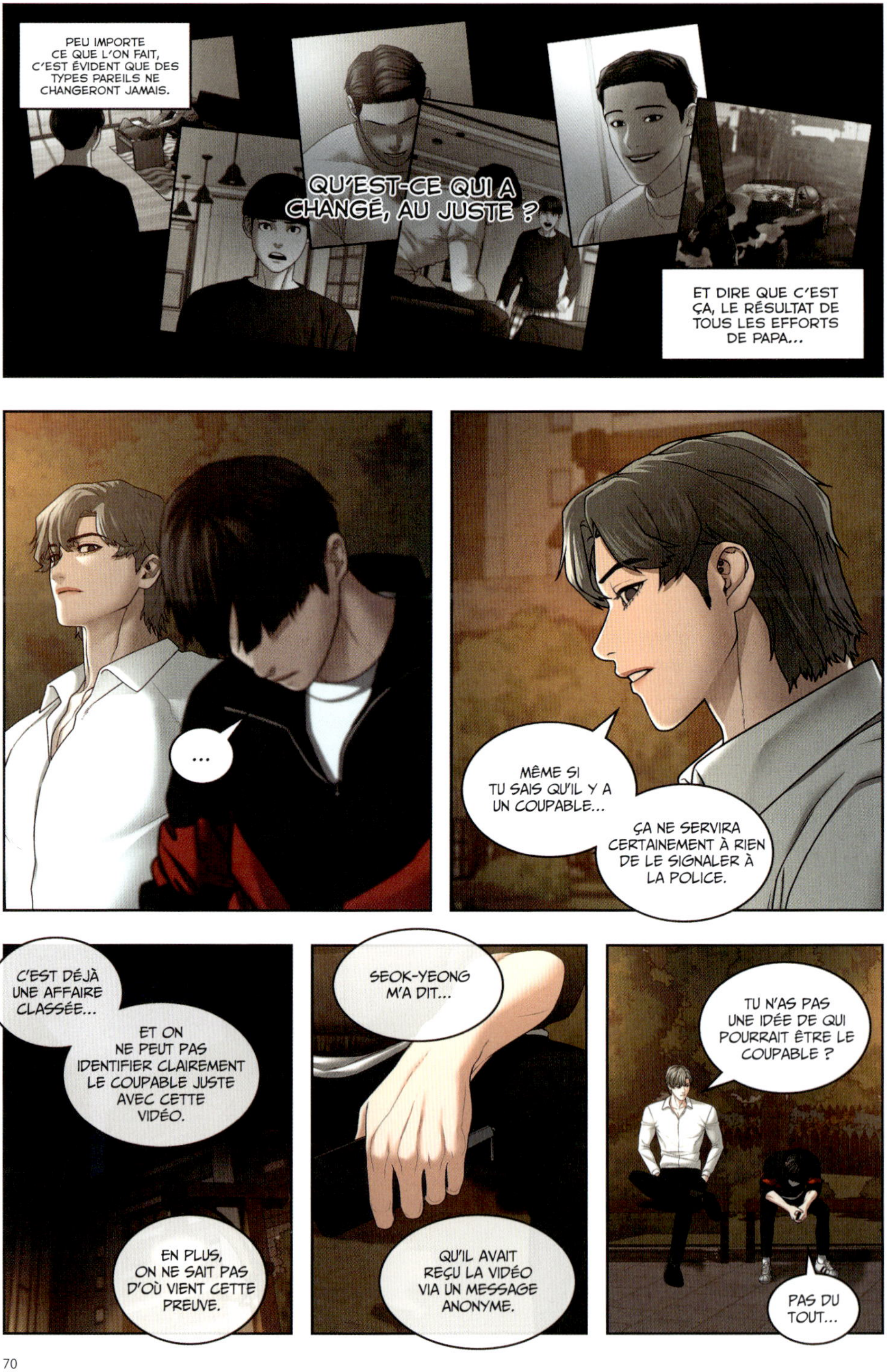
PEU IMPORTE CE QUE L'ON FAIT, C'EST ÉVIDENT QUE DES TYPES PAREILS NE CHANGERONT JAMAIS.
QU'EST-CE QUI A CHANGÉ, AU JUSTE ?
ET DIRE QUE C'EST ÇA, LE RÉSULTAT DE TOUS LES EFFORTS DE PAPA...
...
MÊME SI TU SAIS QU'IL Y A UN COUPABLE...
ÇA NE SERVIRA CERTAINEMENT À RIEN DE LE SIGNALER À LA POLICE.
C'EST DÉJÀ UNE AFFAIRE CLASSÉE...
ET ON NE PEUT PAS IDENTIFIER CLAIREMENT LE COUPABLE JUSTE AVEC CETTE VIDÉO.
EN PLUS, ON NE SAIT PAS D'OÙ VIENT CETTE PREUVE.
SEOK-YEONG M'A DIT...
QU'IL AVAIT REÇU LA VIDÉO VIA UN MESSAGE ANONYME.
TU N'AS PAS UNE IDÉE DE QUI POURRAIT ÊTRE LE COUPABLE ?
PAS DU TOUT...

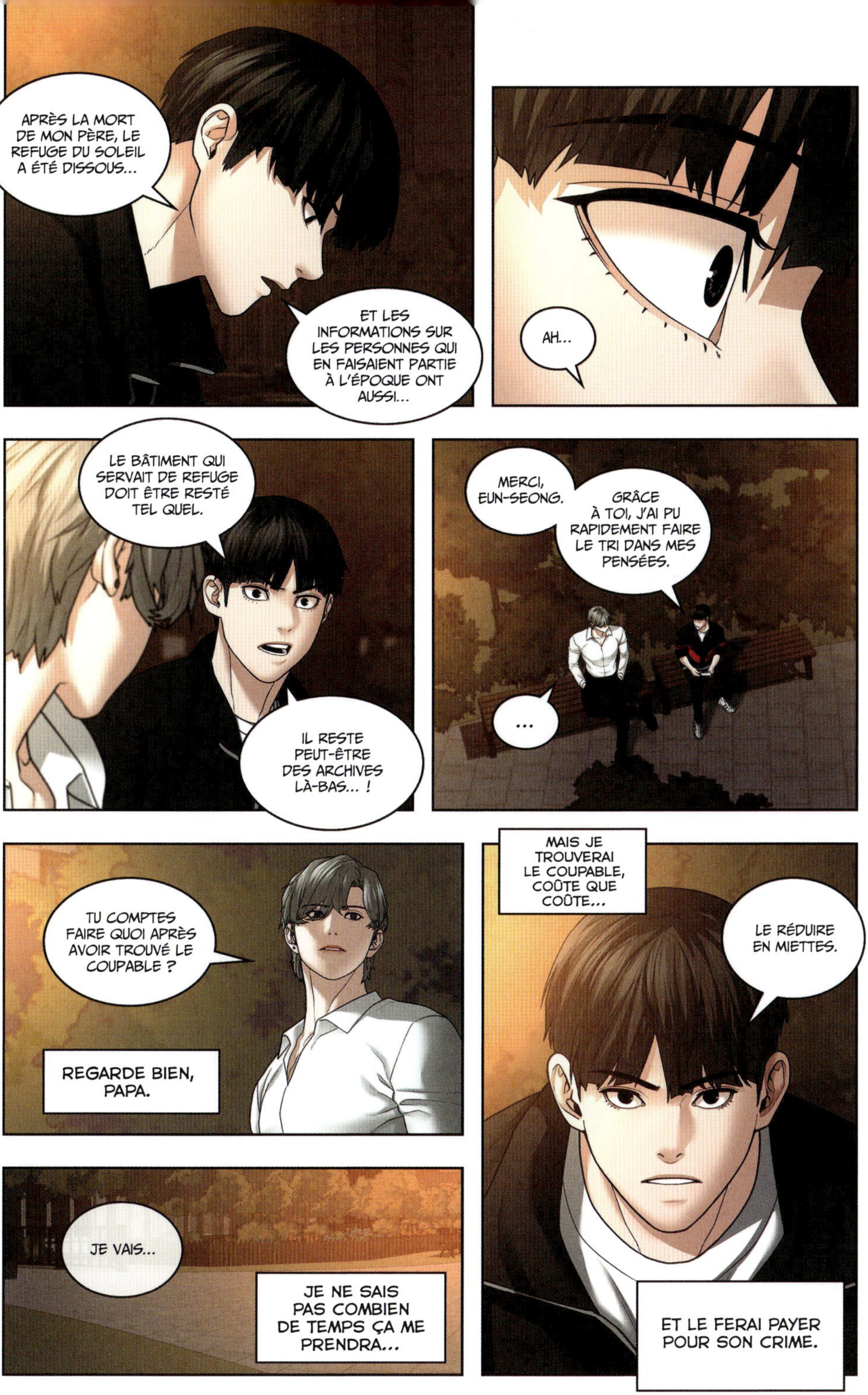
APRÈS LA MORT DE MON PÈRE, LE REFUGE DU SOLEIL A ÉTÉ DISSOUS...
ET LES INFORMATIONS SUR LES PERSONNES QUI EN FAISAIENT PARTIE À L'ÉPOQUE ONT AUSSI...
AH...
LE BÂTIMENT QUI SERVAIT DE REFUGE DOIT ÊTRE RESTÉ TEL QUEL.
IL RESTE PEUT-ÊTRE DES ARCHIVES LÀ-BAS... !
MERCI, EUN-SEONG.
GRÂCE À TOI, J'AI PU RAPIDEMENT FAIRE LE TRI DANS MES PENSÉES.
...
TU COMPTES FAIRE QUOI APRÈS AVOIR TROUVÉ LE COUPABLE ?
REGARDE BIEN, PAPA.
JE VAIS...
JE NE SAIS PAS COMBIEN DE TEMPS ÇA ME PRENDRA...
MAIS JE TROUVERAI LE COUPABLE, COÛTE QUE COÛTE...
LE RÉDUIRE EN MIETTES.
ET LE FERAI PAYER POUR SON CRIME.

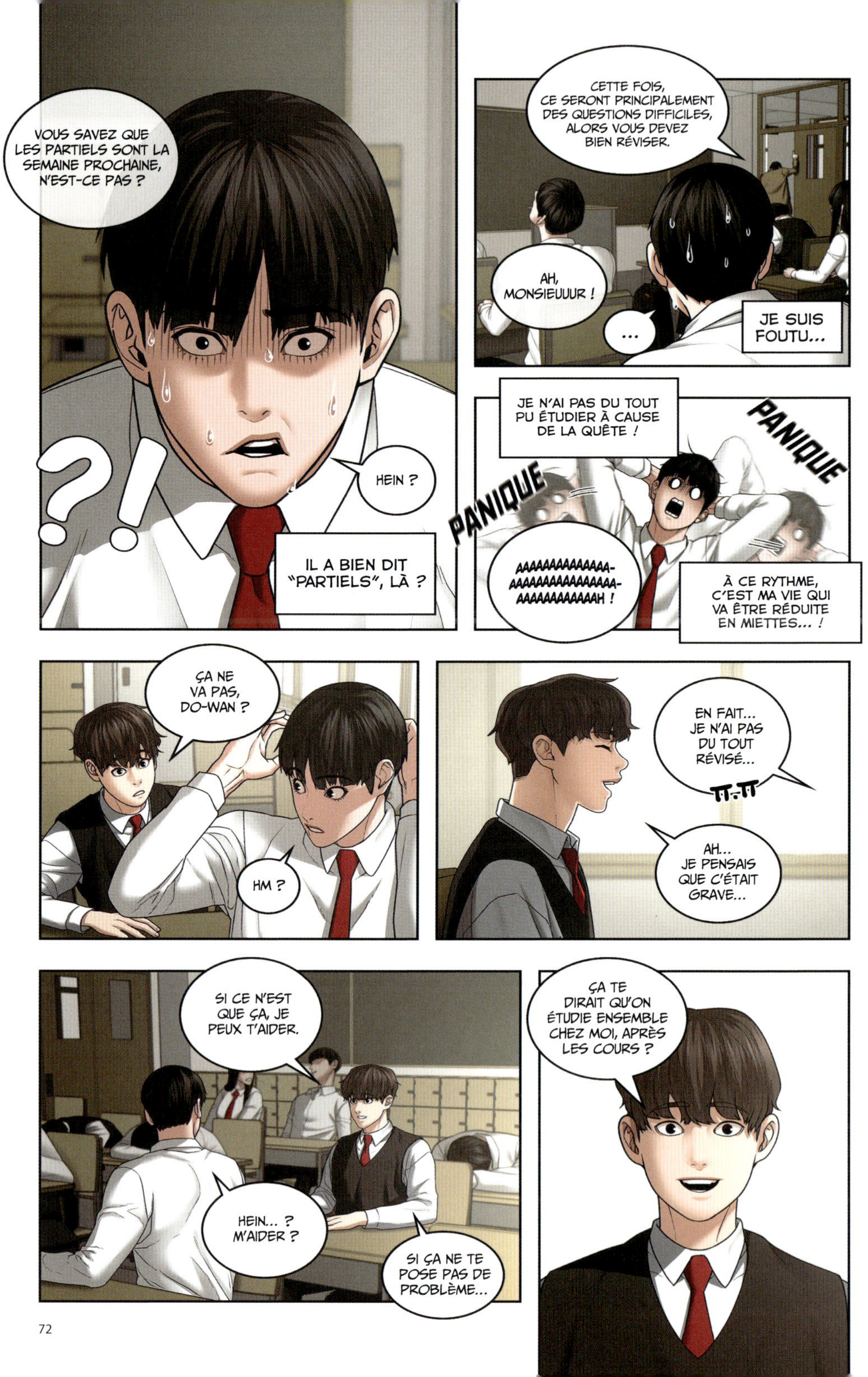
VOUS SAVEZ QUE LES PARTIELS SONT LA SEMAINE PROCHAINE, N'EST-CE PAS ?
?!
HEIN ?
IL A BIEN DIT "PARTIELS", LÀ ?
CETTE FOIS, CE SERONT PRINCIPALEMENT DES QUESTIONS DIFFICILES, ALORS VOUS DEVEZ BIEN RÉVISER.
AH, MONSIEUUUR !
...
JE SUIS FOUTU...
JE N'AI PAS DU TOUT PU ÉTUDIER À CAUSE DE LA QUÊTE !
PANIQUE
PANIQUE
AAAAAAAAAAAAAA-AAAAAAAAAAAAAAA-AAAAAAAAAAAAH !
À CE RYTHME, C'EST MA VIE QUI VA ÊTRE RÉDUITE EN MIETTES... !
ÇA NE VA PAS, DO-WAN ?
HM ?
EN FAIT... JE N'AI PAS DU TOUT RÉVISÉ...
TT.TT
AH... JE PENSAIS QUE C'ÉTAIT GRAVE...
SI CE N'EST QUE ÇA, JE PEUX T'AIDER.
HEIN... ? M'AIDER ?
SI ÇA NE TE POSE PAS DE PROBLÈME...
ÇA TE DIRAIT QU'ON ÉTUDIE ENSEMBLE CHEZ MOI, APRÈS LES COURS ?

TAP
TAP
JE N'Y AVAIS PAS DU TOUT PENSÉ JUSQU'ICI, MAIS...
DEPUIS QUE J'AI RENCONTRÉ JI-HAN...
ON S'EST RETROUVÉS DANS LA MÊME CLASSE ET ON EST MÊME DEVENUS COMPAGNONS DE TABLE À LA CANTINE.
POURTANT, AVEC TOUT CE QUI M'EST TOMBÉ DESSUS, JE NE L'AI PAS RÉALISÉ PARCE QUE J'AVAIS LA TÊTE AILLEURS, MAIS...
S'ARRÊTE
SURPRIS
EST-CE QUE C'EST...
UN AMI ?

JI-HAN, ELLE EST OÙ, TA MAI... ?
HEIN ? TU AS DIT QUOI ?
Nouvelle quête
?!
DILING
Quête : Mission d'escorte
Assurez la sécurité de Yu Ji-Han pendant la période d'examen.
Récompense : item cac
UNE QUÊTE, À UN MOMENT PAREIL ?!
ET C'EST QUOI, CE TON INQUIÉTANT ?
SI JE DOIS PROTÉGER JI-HAN, ÇA VEUT DIRE...
QU'IL EST EN DANGER, NON ?!
LE PARADIS DU KIMBAP
AH... P*TAIN, QUI EST L'ABRUTI QUI A DIT QUE LES FILLES DU QUARTIER DE GWANAK ÉTAIENT JOLIES ?!
BAH, C'ÉTAIT TOI, NON ? HA HA.

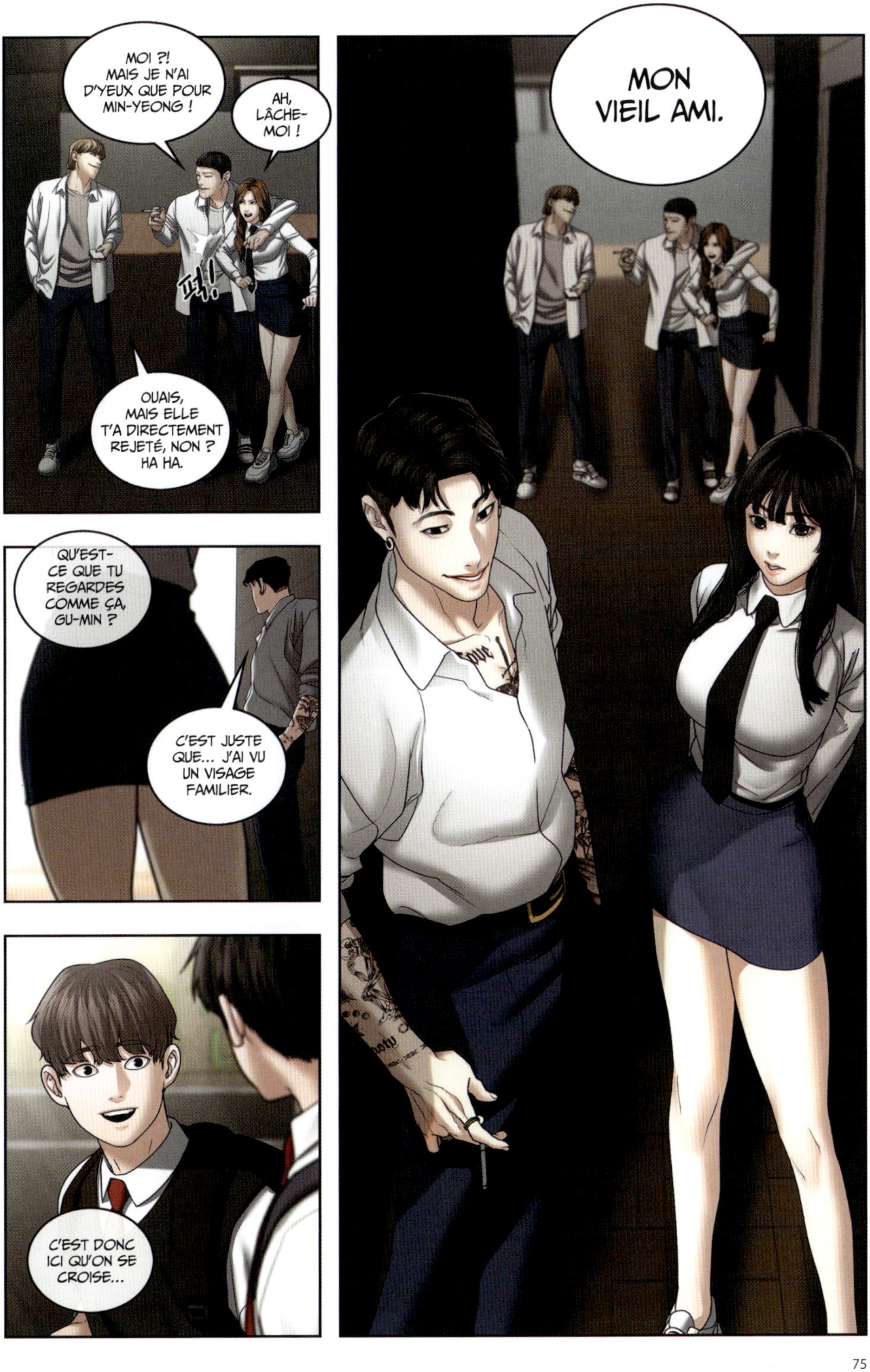

MOI ?! MAIS JE N'AI D'YEUX QUE POUR MIN-YEONG !
AH, LÂCHE-MOI !
퍽!
OUAIS, MAIS ELLE T'A DIRECTEMENT REJETÉ, NON ? HA HA.
QU'EST-CE QUE TU REGARDES COMME ÇA, GU-MIN ?
C'EST JUSTE QUE… J'AI VU UN VISAGE FAMILIER.
C'EST DONC ICI QU'ON SE CROISE…
MON VIEIL AMI.

REALITY QUEST

CHAPITRE 31

J - 4 AVANT LES PARTIELS.
TA MAISON, JI-HAN ?!
?!
C'EST... C'EST VRAIMENT...
TADAM
OUI, ENTRE.
OUVRE
OUAH...
TU ES RENTRÉ, JI-HAN ?
OH, C'EST UN AMI AVEC TOI ?

BON... BONJOUR, MADAME !
JE SUIS UN... UN AMI DE JI-HAN. JE M'APPELLE DO-WAN !
HO HO HO, JE NE SUIS QU'UNE EMPLOYÉE DE MAISON QUI TRAVAILLE ICI.
METTEZ-VOUS À L'AISE, JE VAIS VOUS APPORTER DES FRUITS.
D'ACCORD ! MERCI !
INCROYABLE... TU AS MÊME UNE EMPLOYÉE DE MAISON... ?
HA HA...
VIENS, ON MONTE.
OUAH... J'AI L'IMPRESSION D'AVOIR VU CET ENDROIT DANS UNE SÉRIE.
C'EST MA CHAMBRE, ICI.
D'ACCORD, JEUNE MAÎTRE.
QU'EST-CE QUI TE PREND ? HA HA.
C'EST DRÔLE.
ON EST JUSTE VENUS CHEZ LUI...
MAIS J'AI DÉJÀ L'IMPRESSION DE M'ÊTRE RAPPROCHÉ UN PEU PLUS DE JI-HAN.
ON DEVRAIT POUVOIR TRAVAILLER SUR LE BUREAU.
JE ME DEMANDE À QUAND REMONTE LA DERNIÈRE FOIS QUE JE SUIS ALLÉ CHEZ UN AMI...

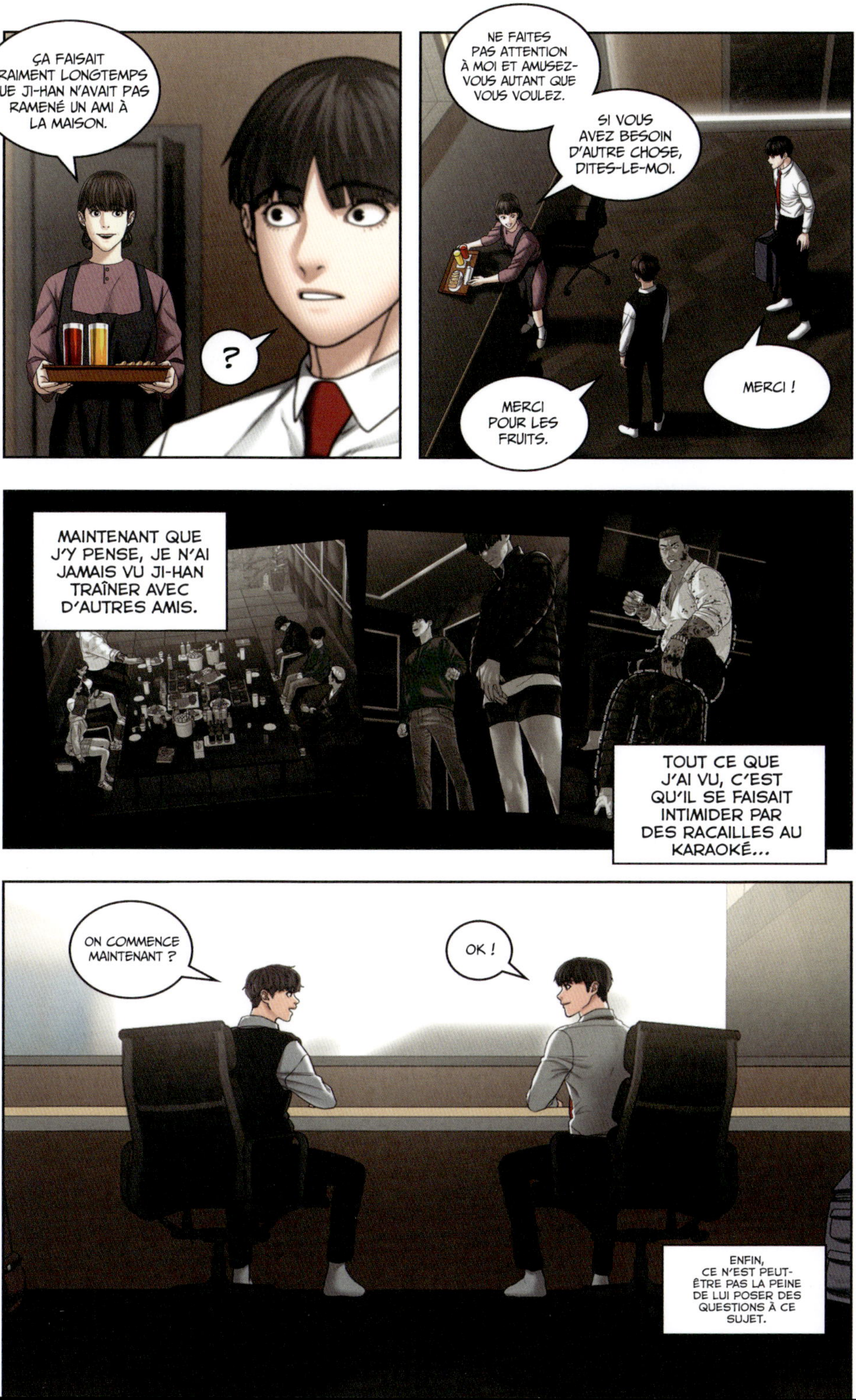
ÇA FAISAIT VRAIMENT LONGTEMPS QUE JI-HAN N'AVAIT PAS RAMENÉ UN AMI À LA MAISON.
?
NE FAITES PAS ATTENTION À MOI ET AMUSEZ-VOUS AUTANT QUE VOUS VOULEZ.
SI VOUS AVEZ BESOIN D'AUTRE CHOSE, DITES-LE-MOI.
MERCI POUR LES FRUITS.
MERCI !
MAINTENANT QUE J'Y PENSE, JE N'AI JAMAIS VU JI-HAN TRAÎNER AVEC D'AUTRES AMIS.
TOUT CE QUE J'AI VU, C'EST QU'IL SE FAISAIT INTIMIDER PAR DES RACAILLES AU KARAOKÉ...
ON COMMENCE MAINTENANT ?
OK !
ENFIN, CE N'EST PEUT-ÊTRE PAS LA PEINE DE LUI POSER DES QUESTIONS À CE SUJET.

MERCI BEAUCOUP POUR AUJOURD'HUI, JI-HAN.
CONTINUONS À ÉTUDIER COMME ÇA JUSQU'À LA FIN DES EXAMENS.
ON SE VOIT AU LYCÉE DEMAIN, ALORS !
RENTRE BIEN.
LE TEMPS EST PASSÉ VITE.
ET COMME JI-HAN EST CHEZ LUI...
IL NE DEVRAIT RIEN LUI ARRIVER DE DANGEREUX EN PARTICULIER...
UNE QUÊTE QUI ME DEMANDE DE PROTÉGER JI-HAN...
Quête : Mission d'escorte
Assurez la sécurité de Yu Ji-Han pendant la période d'examen.
Récompense : item caché.
OH ?
DANS LA CONFUSION, JE NE L'AVAIS PAS REMARQUÉ TOUT À L'HEURE, MAIS...
ILS ENTENDENT QUOI PAR "ITEM CACHÉ" ?
mpense : item caché.
JUSQU'ICI, TOUTES LES RÉCOMPENSES ÉTAIENT UNIQUEMENT DES CLÉS...
MAIS PUISQU'ILS PRÉCISENT QUE C'EST UN ITEM "CACHÉ", JE VAIS PEUT-ÊTRE AVOIR UN TRUC ÉNORME ?
ATTENTION CYCLISTES
J'AI HÂTE DE VOIR CE QUE ÇA VA ÊTRE !

J - 3 AVANT LES PARTIELS.
DO-WAN, TU AS FINI TOUS LES EXER... ?
ENTRE
DO... DO-WAN ?!
?!
J'AI... DÉPASSÉ LA CAPACITÉ LIMITE DE MON CERVEAU...
SI J'ABSORBE PLUS D'INFORMATIONS... IL VA S'ARRÊTER...
BRR
BRR
HA HA HA...
TU VEUX FAIRE UNE PETITE PAUSE, ALORS ?

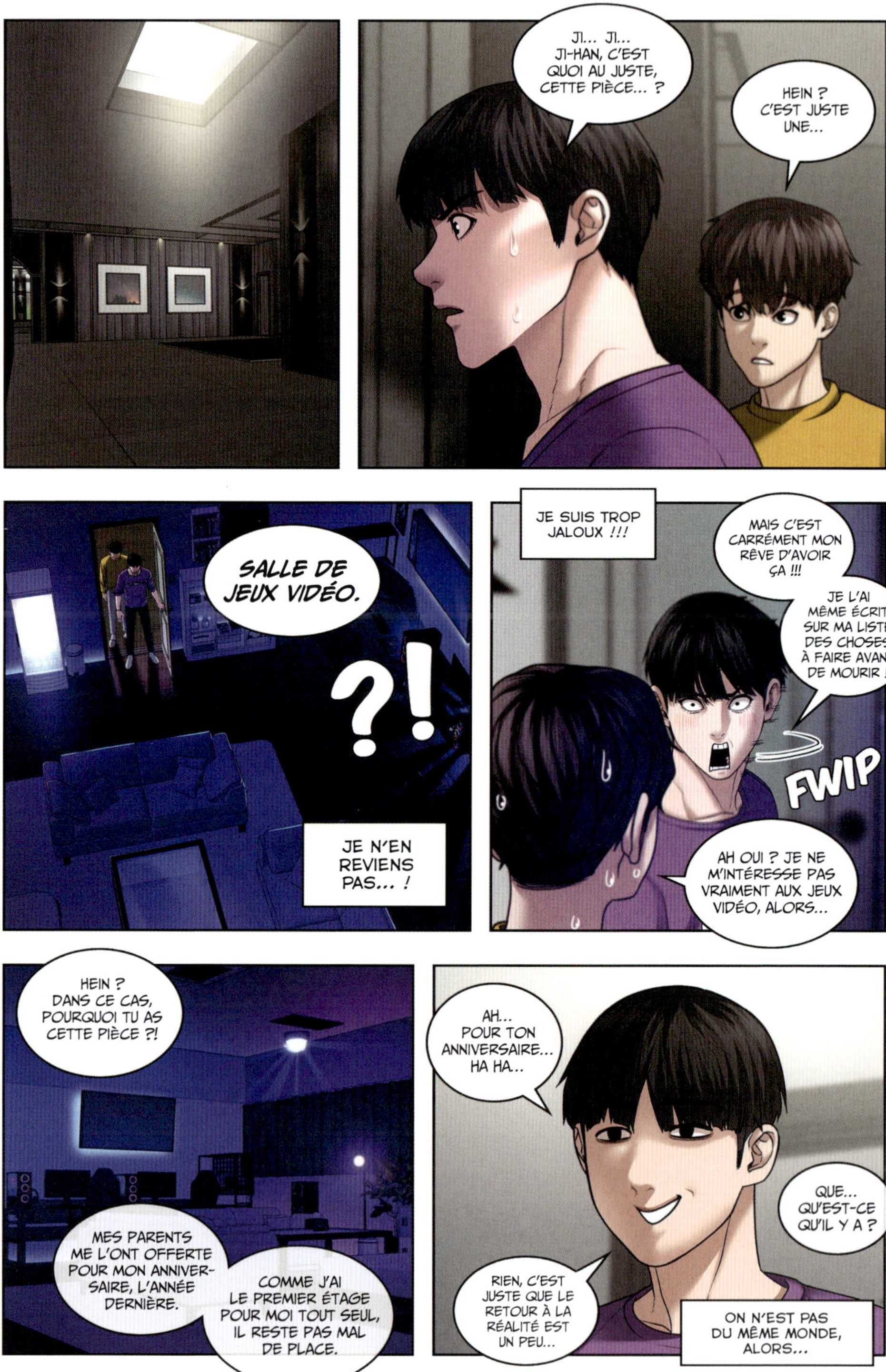
JI... JI... JI-HAN, C'EST QUOI AU JUSTE, CETTE PIÈCE... ?
HEIN ? C'EST JUSTE UNE...
SALLE DE JEUX VIDÉO.
?!
JE N'EN REVIENS PAS... !
JE SUIS TROP JALOUX !!!
MAIS C'EST CARRÉMENT MON RÊVE D'AVOIR ÇA !!!
JE L'AI MÊME ÉCRIT SUR MA LISTE DES CHOSES À FAIRE AVANT DE MOURIR !
FWIP
AH OUI ? JE NE M'INTÉRESSE PAS VRAIMENT AUX JEUX VIDÉO, ALORS...
HEIN ? DANS CE CAS, POURQUOI TU AS CETTE PIÈCE ?!
MES PARENTS ME L'ONT OFFERTE POUR MON ANNIVER-SAIRE, L'ANNÉE DERNIÈRE.
COMME J'AI LE PREMIER ÉTAGE POUR MOI TOUT SEUL, IL RESTE PAS MAL DE PLACE.
AH... POUR TON ANNIVERSAIRE... HA HA...
QUE... QU'EST-CE QU'IL Y A ?
RIEN, C'EST JUSTE QUE LE RETOUR À LA RÉALITÉ EST UN PEU...
ON N'EST PAS DU MÊME MONDE, ALORS...

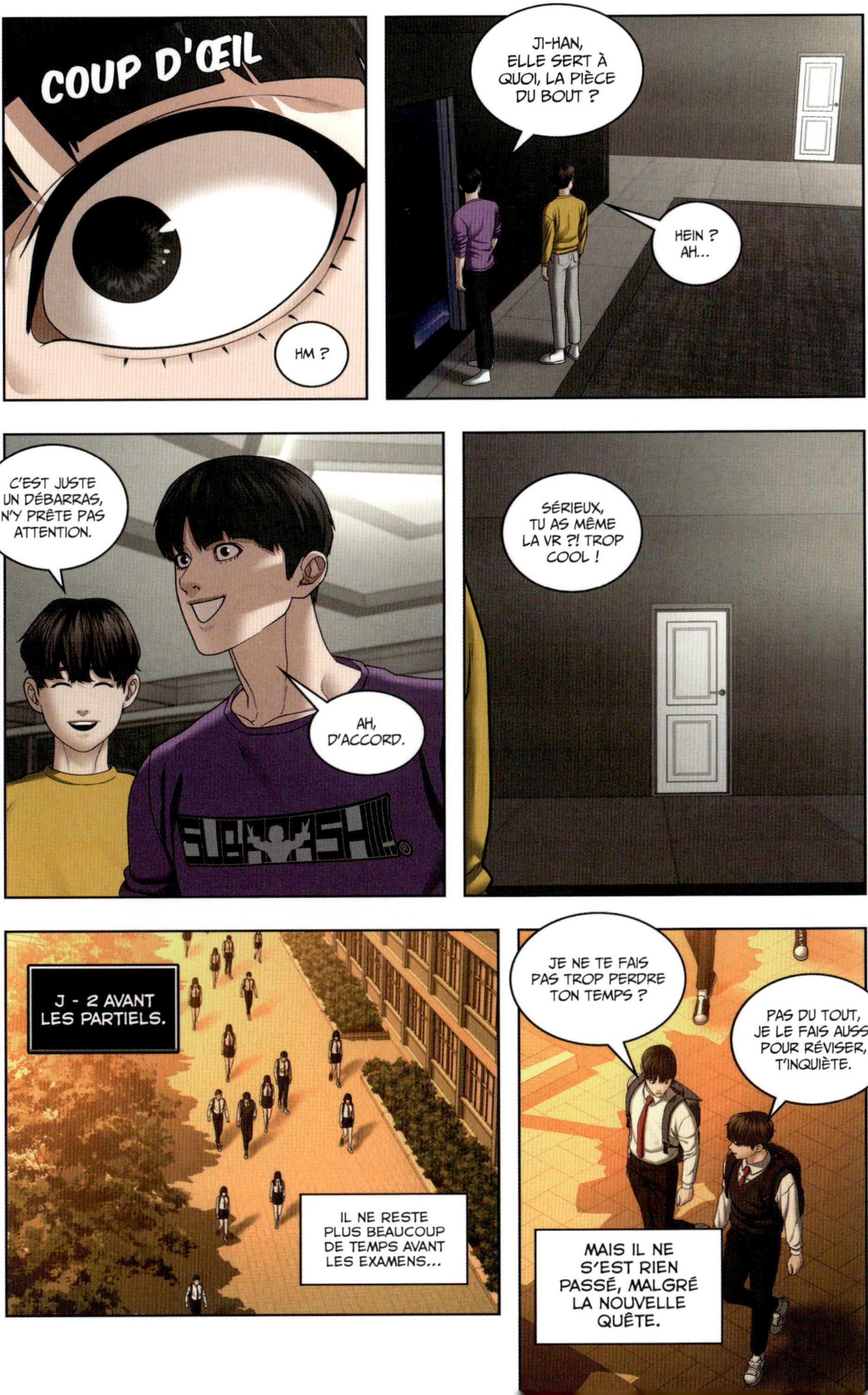
COUP D'ŒIL
HM ?
JI-HAN, ELLE SERT À QUOI, LA PIÈCE DU BOUT ?
HEIN ? AH...
C'EST JUSTE UN DÉBARRAS, N'Y PRÊTE PAS ATTENTION.
AH, D'ACCORD.
SÉRIEUX, TU AS MÊME LA VR ?! TROP COOL !
J - 2 AVANT LES PARTIELS.
IL NE RESTE PLUS BEAUCOUP DE TEMPS AVANT LES EXAMENS...
JE NE TE FAIS PAS TROP PERDRE TON TEMPS ?
PAS DU TOUT, JE LE FAIS AUSSI POUR RÉVISER, T'INQUIÈTE.
MAIS IL NE S'EST RIEN PASSÉ, MALGRÉ LA NOUVELLE QUÊTE.

EN PLUS, COMME J'ÉTUDIE AVEC TOI, JE TROUVE MÊME ÇA PLUTÔT AMUSANT.
TU PENSES QU'ÉTUDIER EST AMUSANT... ?
SI ÇA SE TROUVE, JE M'INQUIÈTE POUR RIEN.
MAINTENANT QUE J'Y PENSE, JI-HAN, TU NE SUIS NI DE COURS PARTICULIER NI DE COURS EN ACADÉMIE ?
NON, PAS EN CE MOMENT.
MAIS, AVANT, J'EN SUIVAIS VRAIMENT BEAUCOUP.
ENVIRON VINGT COURS, SEULEMENT POUR CEUX EN ACADÉ-MIE...
V... VINGT COURS... ?!
C'est ça de vivre dans la haute société... ?
ENFIN, C'ÉTAIT POUR ÉTUDIER...
MAIS AUSSI POUR APPRENDRE PLEIN DE CHOSES DIFFÉRENTES.
PLEIN DE CHOSES... ?
ÇA FAISAIT UN BAIL, JI-HAN.
C'EST LA PREMIÈRE FOIS QU'ON SE REVOIT, DEPUIS LE COLLÈGE, NON ?
C'EST... C'EST TOI...

GU-MIN... ?
?!
QU'EST-CE QUE TU FAIS ICI... ?
IL Y A QUELQUES JOURS, J'ÉTAIS DANS LE COIN...
ET JE T'AI JUSTEMENT VU PASSER À CE MOMENT-LÀ.
COMME J'AVAIS QUELQUE CHOSE DE PRÉVU, J'AI FAIT COMME SI JE NE T'AVAIS PAS VU...
MAIS JE TROUVAIS ÇA DOMMAGE, ALORS JE SUIS REVENU TE VOIR.
Lee Gu-Min
Camarade de collège de Ji-Han
ÇA ME FAIT VRAIMENT PLAISIR DE TE VOIR, HA HA.
JE ME DEMANDAIS OÙ TU AVAIS FUI... DÉMÉNAGÉ, MAIS C'ÉTAIT À GWANAK ?
BRR
BRR
BRR

C'EST TON AMI, À CÔTÉ ? HA HA.
IL TREMBLE ?
TU ES QUI, TOI... ?
NE... T'OCCUPE PAS DE LUI, DO-WAN...
MOI... ÇA NE ME FAIT PAS DU TOUT PLAISIR...
ALORS... NE VIENS PLUS JAMAIS ME VOIR...
ALLONS-Y, DO-WAN.
EUH... OK...
...

JI-HAN, C'ÉTAIT QUI CE TYPE, TOUT À L'HEURE ?
ÇA N'AVAIT PAS L'AIR D'ÊTRE UN AMI…
…
DÉSOLÉ, DO-WAN…
JE NE PENSE PAS POUVOIR ÉTUDIER AVEC TOI, AUJOURD'HUI…
HEIN… ? OK ! PAS DE SOUCI. JE PEUX AUSSI ME DÉBROUILLER TOUT SEUL, MAINTENANT.
J'Y VAIS, DÉSOLÉ…
D'ACCORD, FAIS ATTENTION !
QU'EST-CE QUI LUI ARRIVE, TOUT À COUP ?
C'ÉTAIT QUI AU JUSTE, LE GARS DE TOUT À L'HEURE… ?
EST-CE QUE…
Quête : Mission d'escorte
Assurez la sécurité de Yu Ji-Han pendant la période d'examen.
Récompense : item caché.
ÇA AURAIT UN RAPPORT AVEC LA QUÊTE ?
TAP
TAP

EST-CE QUE LES RICHES AUSSI LÈCHENT LES OPERCULES DE YAOURT ?
SHK
ALORS ? JI-HAN.
EUH... JE... J'IMAGINE QUE OUI...
AH OUI ?
DANS CE CAS, LÈCHE.
?!
BAH ALORS ?
JE T'AI DIT DE LÉCHER.
AH, IL L'A VRAIMENT FAIT, HA HA.
BEURK... ! DU MOISI, C'EST TROP DÉGUEU, HA HA.

TAP
TAP
CRIII
...
MÊME SI C'EST UNE QUÊTE...
ILS NE PEUVENT PAS ME FORCER À LE SUIVRE ALORS QU'IL NE VEUT PAS...
ENFIN, QUOI QU'IL EN SOIT...
TAP
TAP
JE ME SUIS ASSURÉ QU'IL EST BIEN RENTRÉ CHEZ LUI, DONC ÇA DEVRAIT ALLER.
JE SUIS RENTRÉ.
OH, JI-HAN. ET TON AMI ?
DO-WAN ? ON EST RENTRÉS SÉPARÉMENT, AUJOUR...
NON, PAS DO-WAN. C'ÉTAIT QUOI SON NOM DÉJÀ ?
EN TOUT CAS, ÇA FAIT UN BON MOMENT QU'IL EST SORTI TE REJOINDRE...
Vous ne vous êtes pas croisés ?
LES AUTRES VOUS ATTENDENT LÀ-HAUT.
LES AUTRES... ?

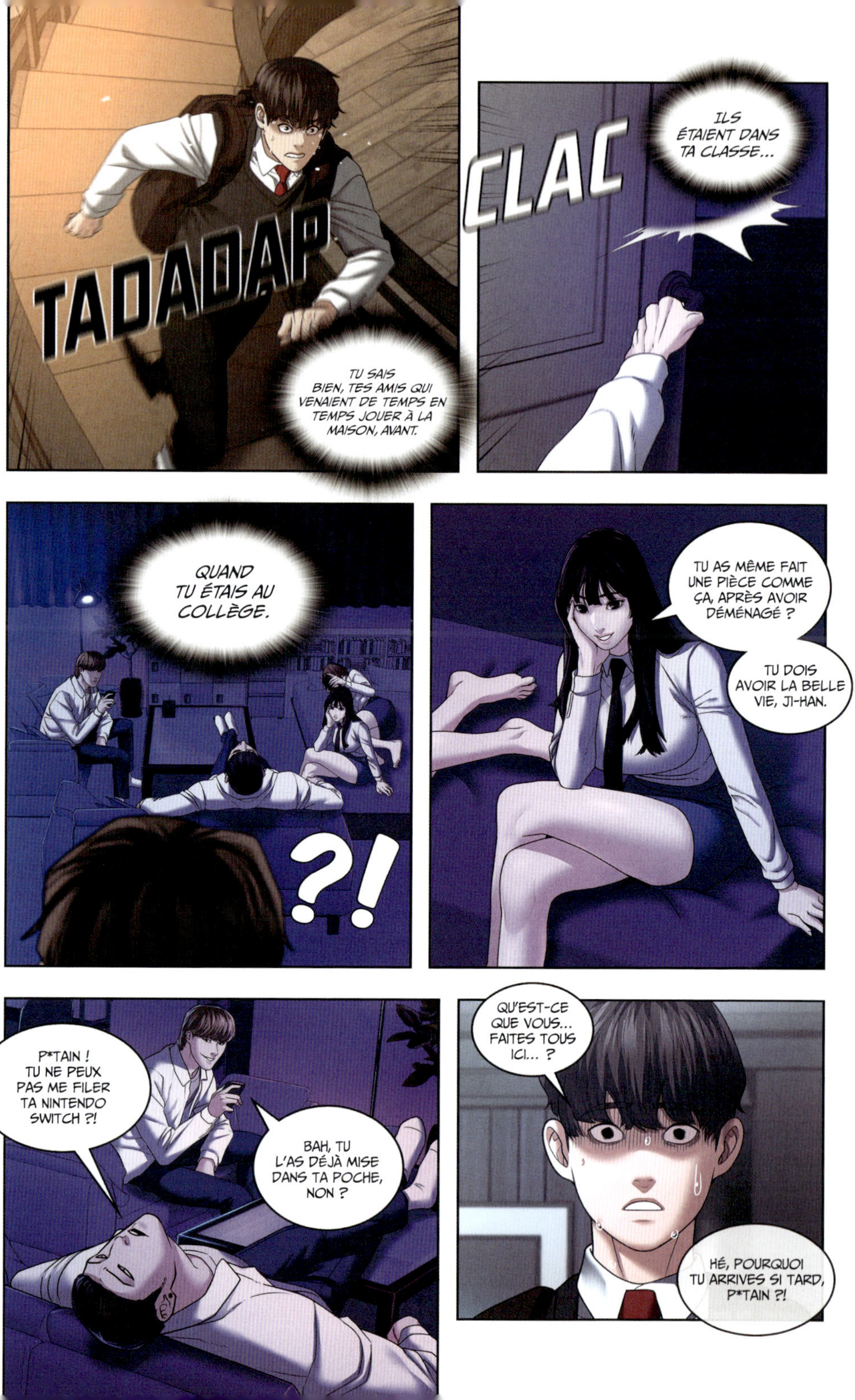
TADADAP
TU SAIS BIEN, TES AMIS QUI VENAIENT DE TEMPS EN TEMPS JOUER À LA MAISON, AVANT.
CLAC
ILS ÉTAIENT DANS TA CLASSE…
QUAND TU ÉTAIS AU COLLÈGE.
?!
TU AS MÊME FAIT UNE PIÈCE COMME ÇA, APRÈS AVOIR DÉMÉNAGÉ ?
TU DOIS AVOIR LA BELLE VIE, JI-HAN.
P*TAIN ! TU NE PEUX PAS ME FILER TA NINTENDO SWITCH ?!
BAH, TU L'AS DÉJÀ MISE DANS TA POCHE, NON ?
QU'EST-CE QUE VOUS… FAITES TOUS ICI… ?
HÉ, POURQUOI TU ARRIVES SI TARD, P*TAIN ?!

ON EST VENUS DÈS QU'ON A EU L'ADRESSE, MAIS TU N'ÉTAIS PAS LÀ. C'EST QUOI CE B*RDEL ?
TU AS MIS TELLEMENT DE TEMPS QUE GU-MIN EST MÊME PARTI TE CHERCHER.
TAP
!
TAP
TAP
ÇA NE SE FAIT PAS TROP DE PARTIR COMME ÇA, JI-HAN.
TAP
APRÈS TOUT, ÇA FAISAIT UN BAIL QU'ON NE T'AVAIT PAS RENDU VISITE.
CHOPE
!!
ET SI ON S'AMUSAIT, AUJOURD'HUI ?
HA HA HA, ÇA VA TE RAPPELER LE BON VIEUX TEMPS.

J'AI BEAU Y RÉFLÉCHIR...
JE NE PEUX PAS JUSTE REPARTIR COMME ÇA.
DING DONG
J'AI UN MAUVAIS PRESSENTIMENT.

REALITY QUEST

REALITY QUEST

CHAPITRE 32

DING
DONG
BIP
QUI EST-CE ?
AH ! BONJOUR, MADAME. C'EST DO-WAN !
OH, DO-WAN ? JE CROYAIS QUE TU NE VENAIS PAS AUJOURD'HUI.
J'AI CHANGÉ D'AVIS... HA HA...
JE SUIS VRAIMENT DÉSOLÉE, MAIS...
JI-HAN N'EST PAS À LA MAISON.
?!
IL N'EST PAS ICI... ?
IL VIENT TOUT JUSTE DE SORTIR FAIRE UN TOUR...
AVEC DES AMIS DU COLLÈGE.
DES AMIS DU COLLÈGE ?
J'IMAGINE QUE TU NE SAIS PAS OÙ ILS SONT ALLÉS.
SI C'EST URGENT, ESSAIE DE L'APPELER.
AH, OUI, ENTENDU.
AU REVOIR, MADAME !
TOUT À L'HEURE, QUAND JI-HAN A DIT QU'IL DEVAIT Y ALLER...

C'ÉTAIT PARCE QU'IL DEVAIT VOIR DES AMIS ?
TAP
TAP
TANT MIEUX, SI C'EST ÇA...
DILING
Quête : Mission d'escorte
Vous avez perdu la cible.
DILING
La difficulté de la quête a augmenté.
Quête : Mission de sauvetage
Sauvez Yu Ji-Han.
Récompense : item caché.
?!
QUOI... ?
LA DIFFICULTÉ A AUGMENTÉ... ? C'EST LA PREMIÈRE FOIS QUE ÇA ARRIVE...
SI C'EST PASSÉ D'UNE MISSION DE "PROTECTION" À UNE MISSION DE "SAUVETAGE"...
...
ÇA VEUT DIRE QUE JI-HAN N'EST PAS PARTI S'AMUSER AVEC DES AMIS...
FWIP
!
MAIS QU'IL A ÉTÉ EMMENÉ DE FORCE... !

TAC
MINCE !
TU AS RATÉ TON COUP ? HA HA.
FAIT CH*ER !
...
Lee Gu-Min
Camarade de collège de Yu Ji-Han
ÇA DATE, CETTE PLANQUE, HEIN ?
TU SAIS, AU COLLÈGE...
ON VENAIT SOUVENT ICI.
?!
COMMENT ÇA SE FAIT QUE CET ENF*IRÉ DE JI-HAN N'AIT PAS DU TOUT CHANGÉ DEPUIS LE COLLÈGE ?!
LES LOSERS SONT PAREILS, DE TOUTE FAÇON.
TU ES QUI, AU FAIT ?
TU AS L'AIR TELLEMENT INNOCENT, P*TAIN, HA HA.

IL Y A BEAUCOUP DE TÊTES QUE TU N'AVAIS ENCORE JAMAIS VUES. HEIN, JI-HAN ?
ENFIN, C'EST NORMAL, ÇA FAISAIT DEUX ANS QUE TU N'ÉTAIS PAS VENU, HA HA.
HÉ, REGARDEZ UN PEU COMME IL TREMBLE.
BRR
BRR
BRR
DÉTENDS-TOI, MON GARS, HA HA.
...
AH, CE N'EST MÊME PAS DRÔLE.
?
TU GÂCHES L'AMBIANCE À NE PAS BOIRE D'ALCOOL !
POURQUOI TU L'AS RAMENÉ ?
TES AMIS TE SERVENT UN VERRE ET TU N'Y TOUCHES MÊME PAS ? HA HA.
B*RDEL ! C'EST TOUT CE QUE VAUT NOTRE AMITIÉ POUR TOI ?!
C'EST VRAI, ÇA ME DÉÇOIT UN PEU...
MAIS PUISQU'ON EN PARLE, ON DEVRAIT PEUT-ÊTRE EN FAIRE UN ?
FAIRE QUOI... ?
UN TEST D'AMITIÉ !

À PARTIR DE MAINTENANT, JE VAIS TE FOUTRE DES BAFFES.
?!
ET SI QUELQU'UN ICI...
DÉCIDE D'EN PRENDRE JUSTE UNE POUR TOI, TU AURAS RÉUSSI LE TEST !
ÇA VA, NE T'EN FAIS PAS...
CHOPE
A... ATTENDS...
IL Y A BIEN QUELQU'UN QUI VA T'AIDER.
!!
PAF
PAF
IL N'Y A VRAIMENT PERSONNE QUI VEUT L'AIDER ?
PAF
PAF
C'EST JUSTE UNE BAFFE, POURTANT.

TU VOIS, C'EST POUR ÇA...
QUE TU AURAIS DÛ MIEUX TRAITER TES AMIS, HA HA.
!!
TU N'Y ES PAS ALLÉ UN PEU TROP FORT ?
ON VA FAIRE COMMENT S'IL PORTE PLAINTE ?
TU NE VAS RACONTER À PERSONNE CE QU'IL S'EST PASSÉ ICI.
N'EST-CE PAS, JI-HAN ?
SINON, TA MÈRE RISQUE DE DÉCOUVRIR QUEL GENRE DE TRAITEMENT...
ON TE RÉSERVE D'HABITUDE...
ET J'AI PEUR QU'ELLE SOIT CHOQUÉE INUTILE-MENT, HA HA.

TU SAIS À QUEL POINT J'AI ÉTÉ SURPRIS QUE TU AIES DISPARU SANS PRÉVENIR APRÈS CE JOUR-LÀ ?
SI J'AVAIS SU QUE TU AVAIS EMMÉNAGÉ DANS LE QUARTIER D'À CÔTÉ...
JE T'AURAIS APPELÉ DE TEMPS EN TEMPS POUR VENIR JOUER AVEC NOUS, HA HA.
?
POURQUOI... TU ME FAIS ÇA... ?
HÉ... GU-MIN...
JE CROIS QU'ON EST À COURT D'ALCOOL...
HM ? AAH...
ALLEZ RACHETER DE L'ALCOOL ET PRENEZ AUSSI UN PAQUET DE CLOPES AU PASSAGE.
YOUHOU ! C'EST ÇA, D'ÊTRE JEUNES ET RICHES !
On revient tout de suite !
FFT
AU FAIT, JI-HAN...

TES AMIS T'ONT GENTIMENT SERVI UN VERRE...
ALORS POURQUOI TU NE BOIS PAS ?
P*TAIN, TU COMPTES ENCORE ME DÉCEVOIR ?
?!
BANG-BANG MUSICTOWN
TAP TAP TAP TAP
OÙ EST-CE QU'IL EST ?
CLAC
IL EST OÙ ?
TAP
TAP
BON SANG...

TCHAC
IL EST PASSÉ OÙ ?!
TULULU...
TULULU...
IL NE RÉPOND TOUJOURS PAS...
BIP !
!
ALLÔ, JI-HAN ?! TU ES OÙ, LÀ... ?
CETTE VOIX...
TU ES LE GARS QUI ÉTAIT AVEC JI-HAN CET APRÈS-MIDI ?
CET APRÈS-MIDI... ?
TU ES... LE TYPE QUI ÉTAIT À LA SORTIE DU LYCÉE ?
OÙ EST JI-HAN ?
POURQUOI ? SI JE TE LE DIS, TU VAS VENIR ? HA HA.

TON POTE POURRAIT BIEN ÊTRE EN DANGER.
?!
MAIS C'EST VRAI QUE SI TU NE T'AMÈNES PAS...
JE T'ENVOIE L'ADRESSE, ALORS VIENS VITE.
ET C'EST REPARTI POUR UN TOUR.
LE TEST D'AMITIÉ...
COMMENCE.
TUT...
TUT...
...

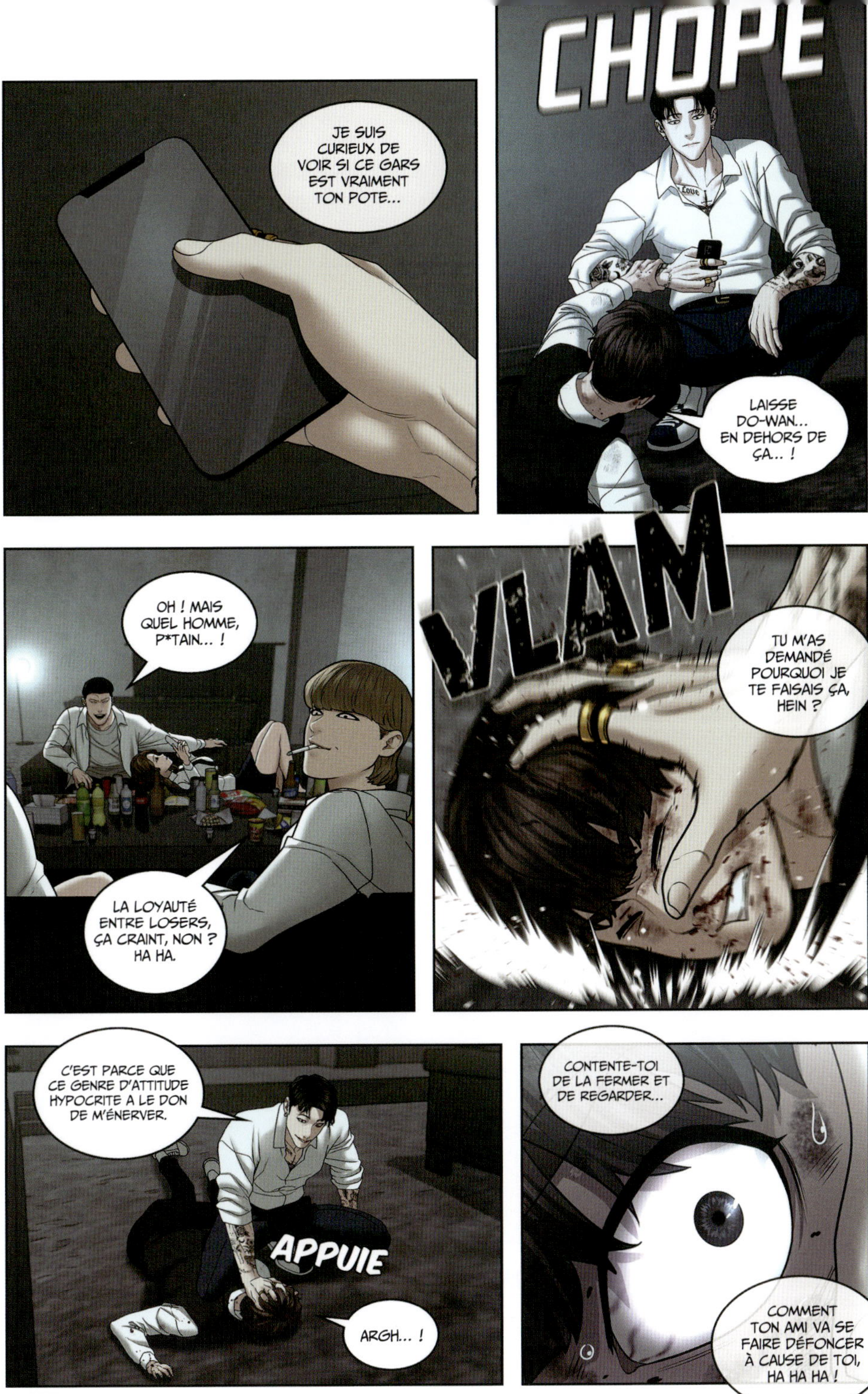
JE SUIS CURIEUX DE VOIR SI CE GARS EST VRAIMENT TON POTE...
CHOPE
LAISSE DO-WAN... EN DEHORS DE ÇA... !
OH ! MAIS QUEL HOMME, P*TAIN... !
LA LOYAUTÉ ENTRE LOSERS, ÇA CRAINT, NON ? HA HA.
VLAM
TU M'AS DEMANDÉ POURQUOI JE TE FAISAIS ÇA, HEIN ?
C'EST PARCE QUE CE GENRE D'ATTITUDE HYPOCRITE A LE DON DE M'ÉNERVER.
APPUIE
ARGH... !
CONTENTE-TOI DE LA FERMER ET DE REGARDER...
COMMENT TON AMI VA SE FAIRE DÉFONCER À CAUSE DE TOI, HA HA HA !

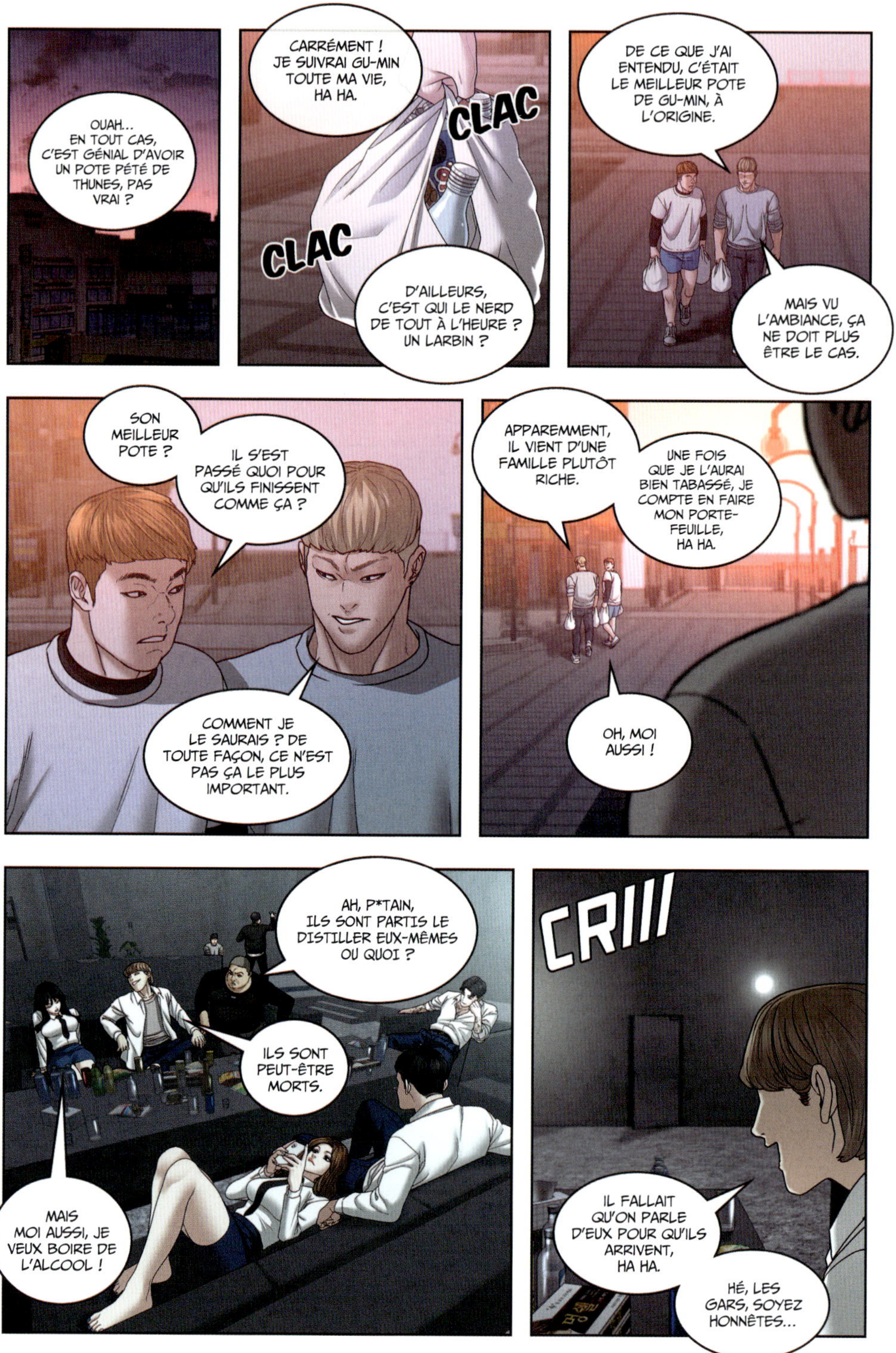
OUAH… EN TOUT CAS, C'EST GÉNIAL D'AVOIR UN POTE PÉTÉ DE THUNES, PAS VRAI ?
CARRÉMENT ! JE SUIVRAI GU-MIN TOUTE MA VIE, HA HA.
CLAC
CLAC
D'AILLEURS, C'EST QUI LE NERD DE TOUT À L'HEURE ? UN LARBIN ?
DE CE QUE J'AI ENTENDU, C'ÉTAIT LE MEILLEUR POTE DE GU-MIN, À L'ORIGINE.
MAIS VU L'AMBIANCE, ÇA NE DOIT PLUS ÊTRE LE CAS.
SON MEILLEUR POTE ?
IL S'EST PASSÉ QUOI POUR QU'ILS FINISSENT COMME ÇA ?
COMMENT JE LE SAURAIS ? DE TOUTE FAÇON, CE N'EST PAS ÇA LE PLUS IMPORTANT.
APPAREMMENT, IL VIENT D'UNE FAMILLE PLUTÔT RICHE.
UNE FOIS QUE JE L'AURAI BIEN TABASSÉ, JE COMPTE EN FAIRE MON PORTE-FEUILLE, HA HA.
OH, MOI AUSSI !
AH, P*TAIN, ILS SONT PARTIS LE DISTILLER EUX-MÊMES OU QUOI ?
ILS SONT PEUT-ÊTRE MORTS.
MAIS MOI AUSSI, JE VEUX BOIRE DE L'ALCOOL !
CRIII
IL FALLAIT QU'ON PARLE D'EUX POUR QU'ILS ARRIVENT, HA HA.
HÉ, LES GARS, SOYEZ HONNÊTES…

QU'EST-CE QUE VOUS FOUTIEZ POUR... ?
POUF
?!
QUE... QU'EST-CE QU'IL SE PASSE... ?!
TAP
TAP
TAP
TAP
SHHH
TAP
TAP

OUAH...
CE N'EST PAS VRAIMENT CE À QUOI JE M'ATTENDAIS.
?!
DÉSOLÉ POUR LE RETARD, JI-HAN.
DO... DO-WAN... ?
JE NE SAIS PAS TROP CE QU'IL SE PASSE ICI, MAIS...
BAM

JE PEUX COMMENCER PAR LEUR FOUTRE UNE RACLÉE, NON ?

REALITY QUEST

CHAPITRE 33

HÔPITAL DE CORÉE
MÊME L'UNIFORME DU COLLÈGE TE VA BIEN, MON JI-HAN.
VIP ROOM 003
ALORS, C'ÉTAIT COMMENT ? TU T'ES FAIT PLEIN D'AMIS ?
PAS VRAIMENT… CE N'ÉTAIT QUE LE PREMIER JOUR DE COURS.
UNE PETITE AMIE, ALORS ?!
SURPRIS
AH, MAMAN !
HA HA HA HA ! NE SOIS PAS SI SURPRIS.
TU SAIS, J'AIMERAIS BIEN QUE…
TU TE FASSES UN AMI SUR LEQUEL TU PUISSES COMPTER.
PARCE QUE, COMME MOI, TU ES UN PEU FRAGILE…
ALORS IL TE FAUDRAIT UN AMI FORT, QUI PUISSE VEILLER SUR TOI À MA PLACE !
TU SAIS, JE NE SUIS PLUS FRAGILE, MAINTENANT.

DRRR
OH, C'EST L'UNIFORME DE MON COLLÈGE.
?
IL EST TOUT NEUF...
TOI AUSSI, TU ES EN SIXIÈME ?
C'ÉTAIT MA PREMIÈRE RENCONTRE AVEC GU-MIN.
JI-HAN ! C'EST AUJOURD'HUI QUE TU VAS À L'HÔPITAL, NON ?
OUI, TU VEUX VENIR ?
ÉVIDEMMENT

TU NE TROUVES PAS ÇA INCROYABLE ?
QUOI DONC ?
MAINTENANT QUE J'Y PENSE, SI ON A PU DEVENIR PROCHES...
QU'ON SOIT DANS LA MÊME CLASSE...
ET QUE NOS MÈRES SOIENT TOUTES LES DEUX DANS LE MÊME HÔPITAL.
En plus, nos deux familles sont riches aussi, ha ha.
HUM... AH OUI ?
C'EST SÛREMENT PARCE QU'ON POUVAIT S'IDENTIFIER L'UN À L'AUTRE.
SI JE TE LE DIS, C'EST QUE C'EST LE CAS, MON GARS !
AH, ARRÊTE, HA HA.
ÇA SERAIT BIEN SI...
NOS MÈRES SORTAIENT VITE DE L'HÔPITAL, PAS VRAI ?
NOUS POUVIONS NOUS COMPRENDRE MIEUX QUE N'IMPORTE QUI.
C'EST POURQUOI...
OUI.
JE PENSAIS QUE NOTRE AMITIÉ DURERAIT TOUJOURS.

QU'EST-CE QUE... VOUS VENEZ DE DIRE... ?
JE PENSE QU'IL LUI SERA DIFFICILE DE PASSER LE MOIS...
GU-MIN, TA MÈRE VIENT TOUT JUSTE...
D'ÊTRE TRANSFÉRÉE EN SOINS INTENSIFS.
MAIS, À PARTIR DU MOMENT OÙ CE SENTIMENT D'IDEN-TIFICATION S'EST ESTOMPÉ...
NOTRE RELATION A COMMENCÉ À S'EFFRITER, PEU À PEU.
JE NE SAIS PAS TROP CE QU'IL SE PASSE ICI, MAIS...
JE PEUX COMMENCER PAR LEUR FOUTRE UNE RACLÉE, NON ?
P*TAIN, ON VA TE DÉFONCER !
OUAIS, HA HA ! TU VAS PRENDRE TELLEMENT CHER, MON GARS.

OUAH... JI-HAN, TON POTE EST VENU TE SAUVER.
QUELLE AMITIÉ TOUCHANTE, TU NE TROUVES PAS ? HA HA.
FU... FUIS ! DO-WAN !
TAP TAP
TU ARRIVES TROP TARD, TROU...
DE B...
BIM
Coup perçant
POUF
JE N'AI PAS L'HABITUDE DE ME BATTRE CONTRE AUTANT DE GENS...

C'EST... C'ÉTAIT QUOI, ÇA... ?
IL L'A MIS K.-O. EN UN COUP ?
ET SI JE LES AFFRONTE MAINTENANT, SANS RÉFLÉCHIR...
ALORS QUE JE NE CONNAIS MÊME PAS LEUR FORCE...
JE VAIS GASPILLER INUTILEMENT MES POINTS DE VIE.
TCHAC
POUR LES ACHEVER EN UN COUP, AVEC LE MOINS DE MOUVEMENTS POSSIBLE...
TAP
TAP
?!
WOOSH
ARGH... !
BIM
Coup perçant
IL ME SUFFIT DE VISER LE MENTON !

BIEN, ENSUITE...
?!
PRENDS ÇA DANS LA GU*ULE !
SWOOSH
BANG
Coup perçant
POUF
AÏE, AÏE, AÏE... !
CE N'EST PAS PASSÉ LOIN.

EUH... DO-WAN... ?
P*TAIN, IL FAIT EXPRÈS DE NE VISER QUE LE MENTON.
C'EST QUI, CELUI-LÀ... ? POURQUOI ILS SONT TOUS K.-O. EN UN COUP ?!
TAC
DANS CE CAS...
TAP
VAS-Y, FRAPPE-MOI POUR VOIR, ENF*IRÉ !
C'EST CE QUE J'ALLAIS FAIRE.
BIM
Coup perçant

C'EST VRAI QUE TON POING EST RAPIDE...
MAIS ÇA NE MARCHE PAS SUR MOI, HA HA.
?!
BLOP
C'EST POUR ÇA QUE...
CHOPE
!
JE NE FAIS PAS DE RÉGIME !!!
WOOSH
!!

SPLAAAF
TAC
ARGH... !
AH, COMME ÇA FAIT UN BAIL QUE JE N'AI PAS UTILISÉ MA FORCE, J'AI LE TOURNIS...
GU-MIN, TU VEUX BIEN ME COMMANDER UN TRUC, S'IL TE PLAÎT ?
TAP
TAP
HA HA, DIS-MOI CE QUE TU VEUX MANGER.
HUM... JE VAIS Y RÉFLÉCHIR EN TABASSANT CET ENF*IRÉ.
SSK
CHOPE
HM ?
M*RDE, HA HA. NE ME DIS PAS QUE TU VEUX M'IMITER ?
TU PENSES QUE...
TU PEUX ME BALANCER AVEC CETTE... ?
SERRE

BAM
BAM
BAM
BAM
BAM
Quintuple coup perçant
BOUM
JE PRENDRAI UNE ÉCHINE DE PORC AVEC DU RIZ.
...

FFT
AH... C'EST POUR ÇA QU'ON NE PEUT PAS LAISSER LES FIGURANTS S'EN CHARGER.
ON AURAIT DÛ INTERVENIR PLUS TÔT.
B*RDEL ! LES TRASH MOBS SONT VRAIMENT PITOYABLES !
Kwon Seong-Won (élève de 1re) N° 2 de la bande de Gu-Min pour le combat
Jang Min-Woo (élève de 1re) N° 3 de la bande de Gu-Min pour le combat
TAC
LA VRAIE PARTIE COMMENCE MAINTENANT.

POF
POF
?!
TAP
TAP
HIII...
NE... NE T'APPROCHE PAS, ESPÈCE DE CINGLÉ... !
TAP
TAP
TAP
?
ÇA VA, JI-HAN ? TU PEUX TE LEVER ?
OUI... ÇA VA.
C'EST TOI QUI AS MIS JI-HAN DANS CET ÉTAT, JE ME TROMPE ?
HUM...

MAIS C'EST QUE TU ES DOUÉ, JI-HAN...
TU AS MÊME UN AMI CHER COMME LUI À TES CÔTÉS.
Tu le paies combien ?
QUOI ?
TU SAIS, MOI AUSSI, JE M'EN SUIS TROUVÉ UN RÉCEMMENT...
UN AMI SACRÉMENT CHER.
AAAH...
?!
FWIP
IL Y AVAIT UN AUTRE GARS ?
TU FAIS TROP DE BRUIT.
FLAP
!!
ET SI TU FAISAIS...
BAM
UNE PETITE SIESTE ?
BAM BAM
ENF*IRÉ...
BAM
BAM
DE M*RDE.

ZZZT
Coup perçant
BAM
UNE CONTRE-ATTAQUE AU MILIEU DE TOUT ÇA ?
PAS MAL.
AAAH...
JE N'AI AUCUNE FORCE, J'AI ENCORE LA TÊTE DANS LE COALTAAAR...
Kim Kang-Jae
(élève de 1re)
N° 1 incontesté
de la bande de Gu-Min
pour le combat
UNE SEULE ATTAQUE SUFFIT À LE SENTIR...
TU AS MÊME BLOQUÉ MON COUP ?
DOULOUREUX
DOULOUREUX
LE TYPE AUX DREADLOCKS...
?!
EST D'UN TOUT AUTRE NIVEAU, COMPARÉ AUX AUTRES.

DANS CE CAS...
MARMONNE
ÇA NE VA QUAND MÊME PAS LE TUER... ?
MARMONNE
HM ?
ZZZT
ÇA DEVRAIT ALLER, NON ?
NON, C'EST TOI QUI VAS MOURIR.
SI J'UTILISE DES COMPÉTENCES PLUS FORTES AVEC LUI.

REALITY QUEST

REALITY QUEST

CHAPITRE 34

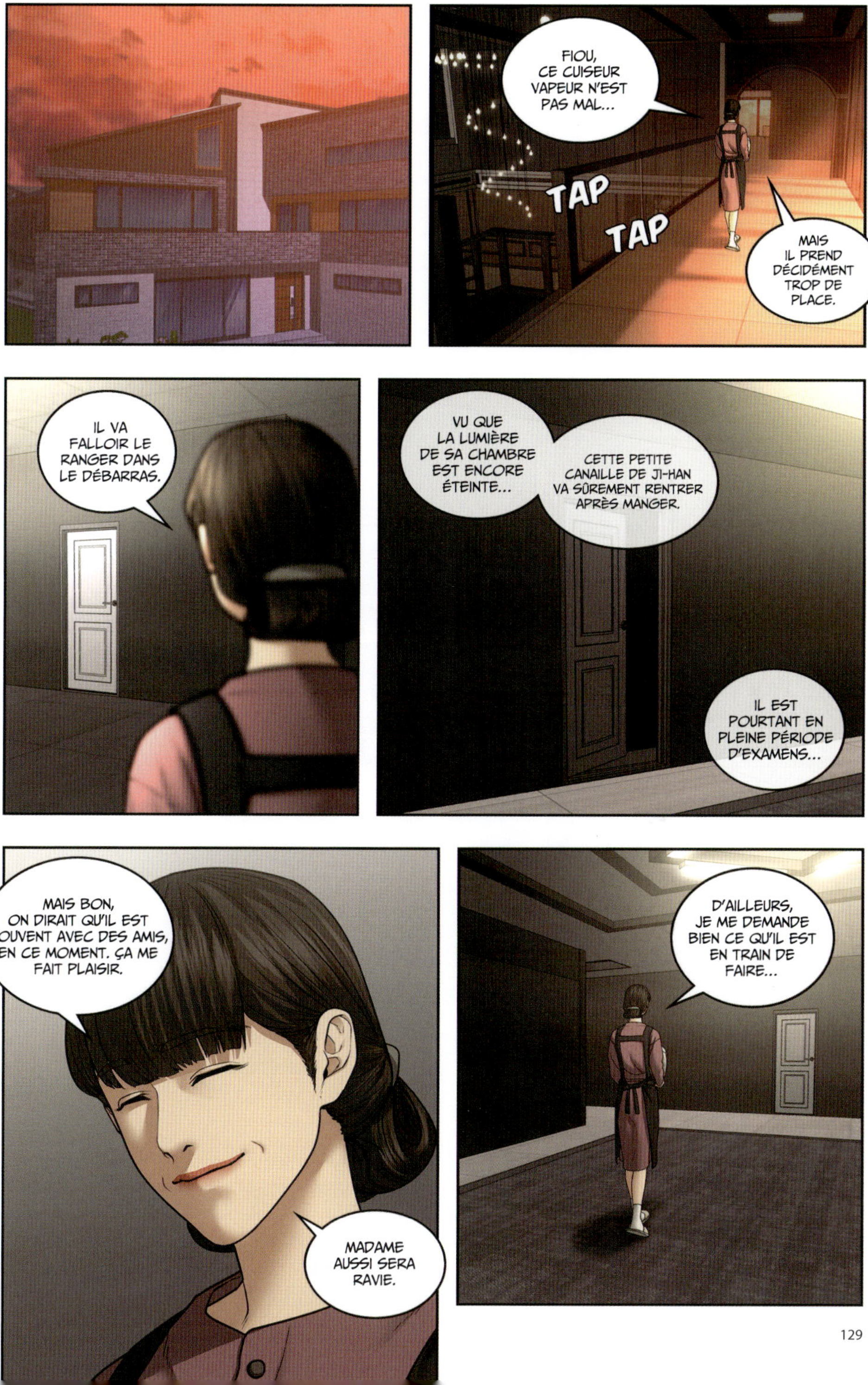

FIOU, CE CUISEUR VAPEUR N'EST PAS MAL...
TAP
TAP
MAIS IL PREND DÉCIDÉMENT TROP DE PLACE.
IL VA FALLOIR LE RANGER DANS LE DÉBARRAS.
VU QUE LA LUMIÈRE DE SA CHAMBRE EST ENCORE ÉTEINTE...
CETTE PETITE CANAILLE DE JI-HAN VA SÛREMENT RENTRER APRÈS MANGER.
IL EST POURTANT EN PLEINE PÉRIODE D'EXAMENS...
MAIS BON, ON DIRAIT QU'IL EST SOUVENT AVEC DES AMIS, EN CE MOMENT. ÇA ME FAIT PLAISIR.
MADAME AUSSI SERA RAVIE.
D'AILLEURS, JE ME DEMANDE BIEN CE QU'IL EST EN TRAIN DE FAIRE...

BAM
BAM
TOUT LE MONDE EST FATIGUÉ OU QUOI ?
JE PIQUE JUSTE UN PETIT SOMME...
BAM
BAM
BAM
ET À MON RÉVEIL, IL Y A TOUS CES GARS ÉTALÉS SUR LE DOS !
C'EST TOI QUI LEUR AS FAIT ÇA ?
...
J'AI DÉJÀ ACCUMULÉ PAS MAL DE DÉGÂTS. SES COUPS SONT VRAIMENT PUISSANTS.
IL TIRE PROBABLEMENT TOUTE CETTE FORCE DE SON PHYSIQUE...
AAAH...
SCRATCH
SCRATCH
ÉCHANGER BÊTEMENT DES COUPS DE POING AVEC LUI JOUE EN MA DÉFAVEUR.
ET PUISQU'IL PEUT FACILEMENT BLOQUER DES ATTAQUES TELLES QUE LE COUP PERÇANT...
HUM...
ÇA M'ÉTONNERAIT QUE TU AIES BATTU AUTANT DE TYPES AVEC DES COUPS ORDINAIRES...
FFT
ZZZT
JE NE DOIS PAS HÉSITER À UTILISER DES COMPÉTENCES PLUS...
TU UTILISES UNE TECHNIQUE SPÉCIALE OU UN TRUC DU GENRE ?
CHOPE
!!

DANS CE CAS, J'AI JUSTE À TE TENIR POUR QUE TU NE PUISSES PLUS...
TAP
?!
Chute du Faucon
BANG
WHOOSH

ARGH... !
SPLAT
JE VISAIS LA TÊTE...
TSK !
MAIS J'AI DÛ LA MANQUER PARCE QUE J'ÉTAIS MAL PLACÉ.
QU'EST-CE QUE TU FOUS ?!
NE ME DIS PAS QUE TU TE FAIS RÉTAMER, TOI AUSSI ?!
P*TAIN... FERME-LA... !
C'EST JUSTE PARCE QUE JE NE SUIS PAS ENCORE BIEN RÉVEILLÉ !
TAP
DANS CE CAS...
?
JE VAIS TE RÉVEILLER.
BAN
Stun Smash

AH... C'ÉTAIT L'INVERSE ?
POUF
É... ÉNORME...
QU'EST-CE QU'IL FOUT, CE C*N... ?
SERRE
ZIEUT
TAC
AARGH... ! J'AI CRU QUE TU M'AVAIS ÉCLATÉ LE CRÂNE...
ÊTRE INUTILEMENT FORT EST AUSSI UN PROBLÈME, JE TE DIS...
QUOI... ?

IL AURAIT MIEUX VALU POUR TOI QUE TU RESTES PAR TERRE.
Attaque fracassante
ET SI JE FINISSAIS AVEC ÇA ?
ÇA SUFFIT.
?
MAINTENANT, TU VAS ARRÊTER DE RIPOSTER...
SSK
SI TU NE VEUX PAS VOIR LA GORGE DE TON POTE SE FAIRE TROUER.
?!

JI-HAN !
HÉ, KANG-JAE.
TU CROIS QUE PENDANT TOUT CE TEMPS, JE T'AI PAYÉ POUR FAIRE ÇA ?
FAIS-LE CORRECTEMENT.
QU'EST-CE QUE TU F... ?
WOOSH
BIM
TU NE LE VOIS PAS ?
IL TE TIENT EN LAISSE.
ESSAIE DE RIPOSTER COMME TOUT À L'HEURE, POUR VOIR.
BAM
BAM
BAM
ENFIN, JE DIS ÇA, MAIS...

C'EST SEULEMENT SI TU TE FOUS DU SORT DE TON AMI !
TCHAC
OUCH !!!
DO-WAN !
GU-MIN, ESPÈCE DE... !
TU FERAIS MIEUX DE TE TENIR À CARREAU.
HA HA, TU DOIS POURTANT LE SAVOIR, NON ?
QUE J'AI TOUTES LES PHOTOS ET VIDÉOS DE TOI...
EN TRAIN D'ÊTRE TRAITÉ COMME UN PARIA.
TU PENSES QU'IL SE PASSERAIT QUOI, SI TA MÈRE LES VOYAIT ?
ELLE EST DÉJÀ MALADE...
ÇA SERAIT PROBLÉMATIQUE SI ELLE S'EFFONDRAIT À CAUSE DU CHOC.
MAIS BON, TU DEVRAIS D'ABORD T'INQUIÉTER POUR TOI, HA HA.
ARGH...

ARRÊTE DE TRAÎNASSER, ACHÈVE-LE, MAINTENANT.
BIM
CHOPE
!
C'EST BIEN CE QUE JE COMPTAIS FAIRE.
ARGH... !
SERRE
UN ÉTRANGLEMENT... ?!
JE SUIS DÉJÀ PASSÉ PAR LÀ, DONC JE SAIS QU'À CE RYTHME, JE NE VAIS PAS TARDER À PERDRE CONSCIENCE.

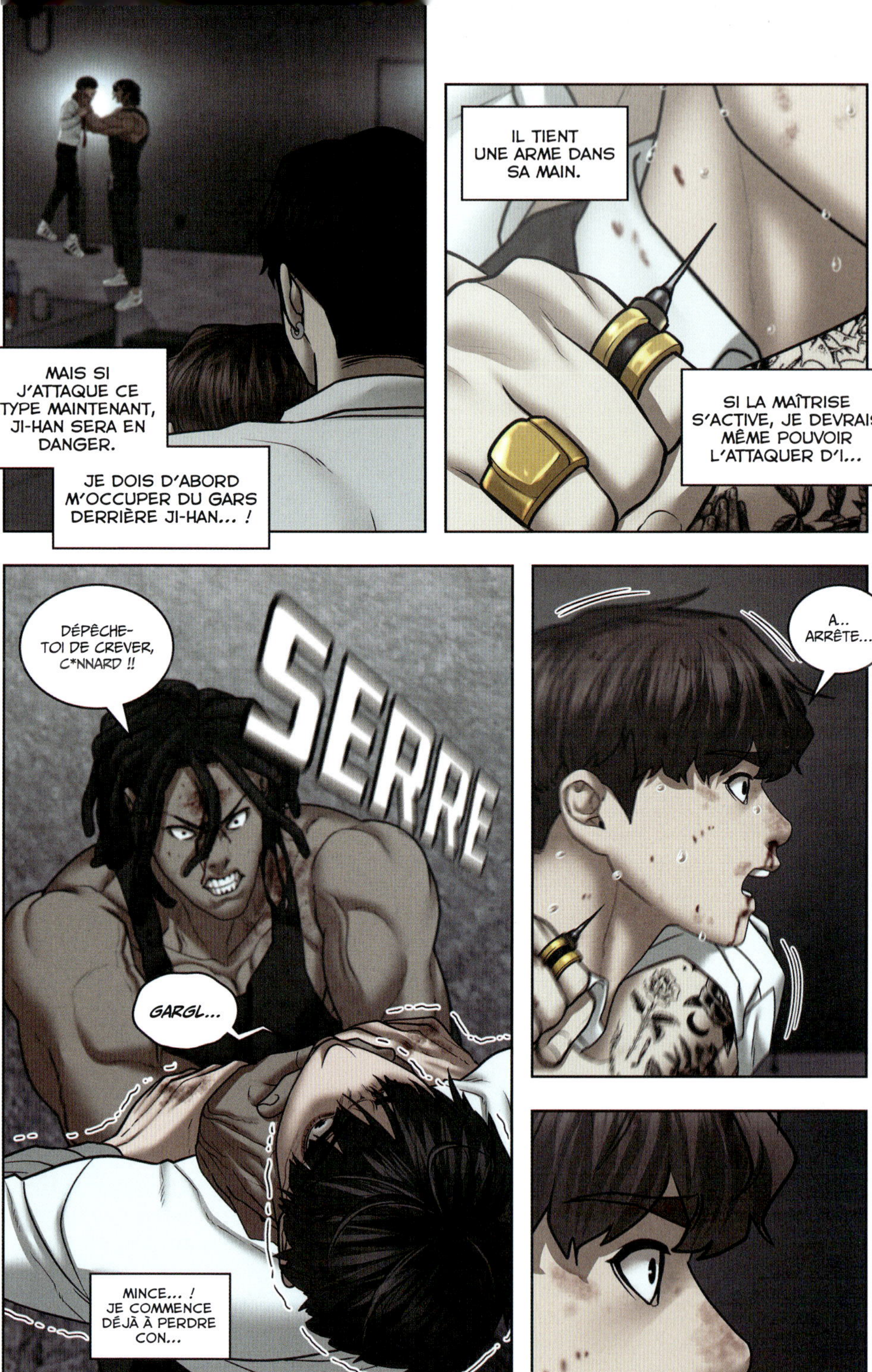
MAIS SI J'ATTAQUE CE TYPE MAINTENANT, JI-HAN SERA EN DANGER.
JE DOIS D'ABORD M'OCCUPER DU GARS DERRIÈRE JI-HAN... !
IL TIENT UNE ARME DANS SA MAIN.
SI LA MAÎTRISE S'ACTIVE, JE DEVRAIS MÊME POUVOIR L'ATTAQUER D'I...
DÉPÊCHE-TOI DE CREVER, C*NNARD !!
SERRE
GARGL...
MINCE... ! JE COMMENCE DÉJÀ À PERDRE CON...
A... ARRÊTE...

GU-MIN, POURQUOI TU NE FAIS PAS TON SAC ? VIENS, ON Y VA.
CE N'EST PAS AUJOURD'HUI QUE TU VAS À L'HÔPITAL ?
SI, MAIS...
...
TU ES CONTENT, PAS VRAI ?
QUOI...?
PARCE QUE TA MÈRE EST EN VIE.
APRÈS LA MORT DE SA MÈRE...
GU-MIN A CHANGÉ.

J'Y VAIS.
...
TRÈS VITE, ON S'EST ÉLOIGNÉS...
ET IL A COMMENCÉ À PRENDRE UN MAUVAIS TOURNANT.
POURQUOI TU ES COMME ÇA ?
ÇA NE TE RESSEMBLE PAS, GU-MIN...
JE T'EMM*RDE.
J'AI ESSAYÉ D'EMPÊCHER ÇA...
TU VIENS DE TE DIRE QUE J'ÉTAIS PITOYABLE, AVOUE.
MAIS PLUS J'ESSAYAIS, PLUS LES CHOSES EMPIRAIENT...
ET J'AI FINI PAR FUIR.

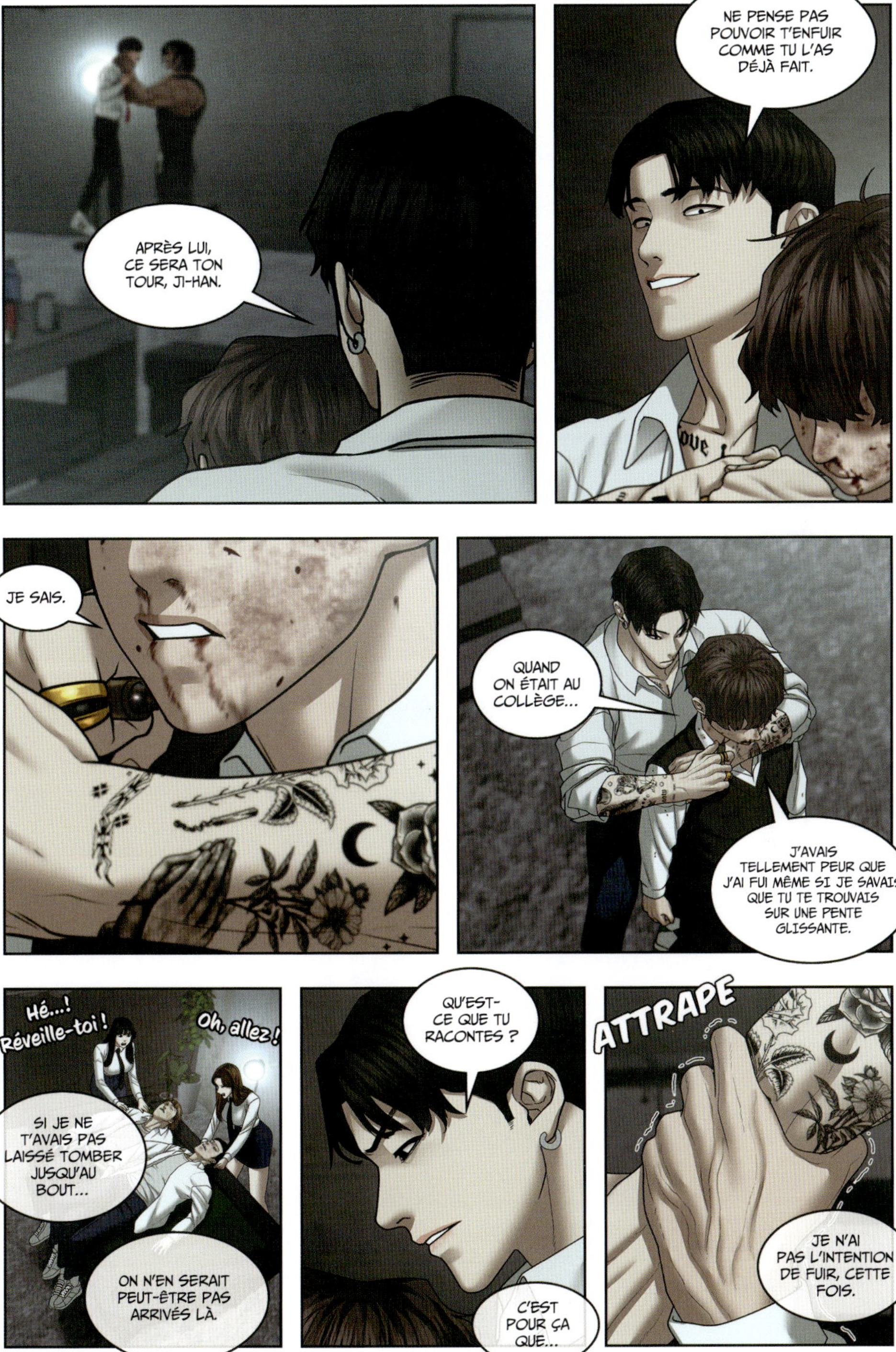
APRÈS LUI, CE SERA TON TOUR, JI-HAN.
NE PENSE PAS POUVOIR T'ENFUIR COMME TU L'AS DÉJÀ FAIT.
JE SAIS.
QUAND ON ÉTAIT AU COLLÈGE...
J'AVAIS TELLEMENT PEUR QUE J'AI FUI MÊME SI JE SAVAIS QUE TU TE TROUVAIS SUR UNE PENTE GLISSANTE.
Hé...! Réveille-toi !
Oh, allez !
SI JE NE T'AVAIS PAS LAISSÉ TOMBER JUSQU'AU BOUT...
ON N'EN SERAIT PEUT-ÊTRE PAS ARRIVÉS LÀ.
QU'EST-CE QUE TU RACONTES ?
C'EST POUR ÇA QUE...
ATTRAPE
JE N'AI PAS L'INTENTION DE FUIR, CETTE FOIS.

KOF, KOF !
KOF, KOF !
OH LÀ, REGARDE-MOI UN PEU TOUTE CETTE POUSSIÈRE.
IL VA FALLOIR QUE JE FASSE LE MÉNAGE ICI, DEMAIN.
TAC
OUPS...
OUH LÀ... !
TAC
FIOU... NON MAIS, QUI A POSÉ ÇA SUR LES CARTONS ?
C'EST LE PREMIER TROPHÉE QU'A REÇU JI-HAN À L'ACADÉMIE...
PRIX D'ENCOURAGEMENT
PASSAGE DE GRADE
HO HO, CE N'EST PLUS QU'UN SOUVENIR, MAINTENANT...

À L'ÉPOQUE, J'AVAIS BEAU SAVOIR QU'IL ÉTAIT FRAGILE COMME SA MÈRE...
CLAC
PRIX D'ENCOURAGEMENT
J'AVAIS PEUR QUE CE SOIT UN PEU TROP EXTRÊME DE LUI FAIRE SUIVRE AUTANT DE COURS.
Même si c'est vrai que ça plaisait à Ji-Han...
JE ME DEMANDE OÙ IL EN SERAIT, MAINTENANT...
S'IL N'AVAIT PAS ARRÊTÉ TOUT ÇA.
3E DAN
?!

SWOOSH
?!
BANG

JI-HAN... ?
TCHAC
DÉSOLÉ.
MAINTENANT, JE VAIS BIEN, ALORS...
C'EST QUOI ENCORE...
?!
ARGH... !
CE TYPE... ?

TU PEUX L'ACHEVER, DO-WAN.
Attaque fracassante

REALITY QUEST

REALITY QUEST

CHAPITRE 35

EST-CE QUE GU-MIN VA REVENIR EN COURS, AUJOURD'HUI ?
IL NE RÉPOND MÊME PAS AU TÉLÉ-PHONE...
JE ME DEMANDE SI LES FUNÉRAILLES DE SA MÈRE SE SONT BIEN PASSÉES...
TU T'ES MIS À LA BOXE, JI-HAN ?
OUI, COMMENT TU LE SAIS ?
JE T'AI VU ALLER AU GYMNASE HIER, HA HA.
OUAH... AVANT, C'ÉTAIT LE JU-JITSU ET MAINTENANT ÇA ?
TU ES VACHEMENT PLUS CORIACE QUE TU EN AS L'AIR, DIS DONC.
TAP
C'EST JUSTE UN PASSE-TEMPS, HA HA..
JE ME DEMANDE SI JE NE DEVRAIS PAS AUSSI ME METTRE AU SPORT...
...
JE PASSE UN MOMENT DIFFICILE...
LE SENTIMENT QUE L'ON RESSENT LORSQU'UNE AUTRE PERSONNE POSSÈDE CE QUE L'ON N'A PAS...
ET LUI, IL RIT AVEC SES AMIS...
ON APPELLE ÇA LA "JALOUSIE".

GU-MIN, POURQUOI TU NE FAIS PAS TON SAC ? VIENS, ON Y VA.
CE N'EST PAS AUJOURD'HUI QUE TU VAS À L'HÔPITAL ?
SI, MAIS...
...
ET BIEN SOUVENT...
TU ES CONTENT, PAS VRAI ?
QUOI... ?
CETTE JALOUSIE NOUS POUSSE INCONSCIEMMENT À DÉTESTER CETTE PERSONNE.
PARCE QUE TA MÈRE EST EN VIE.
ELLE SE TRANSFORME EN "HAINE".

HÉ, LES GARS...
VOUS ATTENDEZ QUOI... ?
QU'EST-CE QUE VOUS FAITES ENCORE PAR TERRE... ?
...
P*TAIN...
LEVEZ-VOUS, ESPÈCES D'ENF*IRÉS !!!
?!

VOUS SAVEZ COMBIEN D'ARGENT J'AI DÉPENSÉ POUR VOUS, BANDE D'IMBÉCILES ?!
ET VOUS N'ÊTES MÊME PAS FOUTUS D'ATTRAPER UN MEC ?!
BANDE D'INCAPABLES !!!
TAP TAP TAP
ARGH... !
?
AÏE !
MAIS QU'EST-CE QUE TU FAIS ?!
VOUS AUSSI, ALLEZ VOUS BATTRE !
ALLEZ, BATTEZ-VOUS, C*NNASSES !!!
?!

LÂCHE-MOI, GROS TARÉ !!!
ESPÈCE DE...
ET TOI, TU NE TE BATS PAS ?
ENFIN... MÊME SI J'AVOUE QUE LE COMBAT N'A PAS L'AIR D'ÊTRE TON FORT.
!
TAP
ARGH, P*TAIN !
AÏE !
BAM
COM... COMBIEN... ?!
?
COMBIEN CET ENF*IRÉ DE JI-HAN A DIT QU'IL TE PAIERAIT...
POUR QUE TU FASSES TOUT ÇA ?!
JE TE DONNERAI LE DOUBLE... NON, LE TRIPLE, ALORS REJOINS MA BANDE !
IL SUFFIT JUSTE QUE TU ATTRAPES CET ENFOI...
OUAH... ÇA RESSEMBLE MOT POUR MOT À UN MONOLOGUE DE VILAIN À DEUX BALLES.
POURQUOI JE PRENDRAIS TON ARGENT, ESPÈCE DE TARÉ ?
TU ES VRAIMENT UN MARRANT, TOI.
Même si j'avoue que j'apprécierais si tu me donnais juste de l'argent comme ça...
P*TAIN DE M*RDE !

JI-HAN... ! TU OSES T'EN PRENDRE À MOI ?
ALORS TU T'EN FOUS SI J'ENVOIE À TA MÈRE...
TOUTES LES PHOTOS ET LES VIDÉOS DE TOI TE FAISANT HARCELER ?!
MÊME SI ÇA FINIT COMME CE JOUR-LÀ ? C'EST ÇA ?!
!
CE JOUR-LÀ...
EST CELUI OÙ MA RELATION AVEC GU-MIN A VOLÉ EN ÉCLATS...
POURQUOI TU ES COMME ÇA ?
ÇA NE TE RESSEMBLE PAS, GU-MIN...
JE T'EMM*RDE.
TU VIENS DE TE DIRE QUE J'ÉTAIS PITOYABLE, AVOUE.
MAIS AUSSI CELUI QUE JE REGRETTE LE PLUS.

TU SAIS BIEN QUE NON... !
CALME-TOI ET ÉCOUTE-MOI, S'IL TE PLAÎT.
CEUX QUI TRAÎNENT AVEC TOI CES DERNIERS TEMPS...
ILS T'ONT APPROCHÉ UNIQUEMENT POUR TON ARGENT.
CES GENS NE SONT PAS TES AMIS, JE TE DIS !
JE COMPRENDS QUE CE SOIT DIFFICILE AVEC CE QUI EST ARRIVÉ À TA MÈRE.
MAIS IL N'EST PAS TROP TARD POUR...
ARRÊTE TES C*NNERIES.
COMMENT TU POURRAIS ME COMPRENDRE ALORS QUE TU NE SAIS MÊME PAS CE QUE ÇA FAIT ?
JE...
SI TU COMPTES ENCORE PARLER SANS RIEN SAVOIR, TU PEUX JUSTE ALLER TE FAIRE F...
AH, MAIS SI...
IL EXISTE BIEN UN MOYEN POUR QUE TU PUISSES ME COMPRENDRE.
TA MÈRE...

QUAND J'AI ENTENDU CES MOTS...
J'AI FAIT L'ERREUR DE PERDRE MON SANG-FROID.
PROVISEUR
VOUS PENSEZ QUE DES EXCUSES DE SA PART SUFFISENT AVEC CE QU'IL A FAIT AU VISAGE DE MON FILS ?
ET SES PARENTS, ALORS ?
ILS N'ONT PAS L'INTENTION DE VENIR ?!
CE N'EST PAS ÇA, MONSIEUR...
LE PÈRE DE JI-HAN EST EN VOYAGE D'AFFAIRES...
ET SA MÈRE EST HOSPITALISÉE, DONC AUCUN D'EUX NE PEUT VENIR POUR LE MO...
CLAC
LA STABILITÉ MENTALE EST D'AUTANT PLUS IMPORTANTE POUR LES PERSONNES À LA SANTÉ FRAGILE.
ET POUR MA MÈRE MALADE, APPRENDRE QUE SON FILS AVAIT FRAPPÉ QUELQU'UN...
HUFF...
HUFF...

VEUILLEZ M'EXCUSER POUR LE RETARD...
?!
HUFF
HUFF
MA... MAMAN... ?
FUT UN ÉNORME CHOC.
VOUS ÊTES MALADE, VOUS N'AURIEZ PAS DÛ...
C'EST NORMAL... QUE JE VIENNE... KOF... !
JE SUIS SA MÈRE, APRÈS TOUT...
TU AURAIS DÛ RESTER À L'HÔPITAL...
JE SUIS DÉSOLÉE... POUR CE QUE JI-HAN A FAIT À... KOF ! KOF !
VOTRE F...
FFT
!!
QU'EST-CE QU'IL LUI ARRIVE ?!
POUF
MADAME...!
JE NE L'AI SU QUE PLUS TARD, MAIS...

CE JOUR-LÀ...
MAMAN !!!
MA MÈRE S'EST RETROUVÉE DANS UN ÉTAT CRITIQUE.
ET MON MALHEUR EST DEVENU...
UNE OPPORTUNITÉ POUR GU-MIN.
BAH, ALORS ?
JE T'AI DIT DE LÉCHER.
AH, IL L'A VRAIMENT FAIT, HA HA.
BEURK... ! DU MOISI, C'EST TROP DÉGUEU, HA HA.
C'EST DANS LA BOÎTE ! JE TE L'ENVERRAI PLUS TARD, GU-MIN, HA HA.
AVEC SA BANDE...
IL A COMMENCÉ À M'ISOLER À SA FAÇON.

FFT
AU FAIT, MAINTENANT QUE J'Y PENSE...
IL PARAÎT QUE T'AS ARRÊTÉ TOUS LES SPORTS QUE TU FAISAIS ?
CHOPE
POURQUOI ? TU AS PEUR DE DONNER DES COUPS DE POING DEPUIS QUE TU AS VU TA MÈRE S'EFFONDRER ?
NE T'INQUIÈTE PAS. SI ON CONTINUE À BIEN S'ENTENDRE COMME MAINTENANT, ÇA IRA.
MAIS SI ELLE APPREND QUE, MAINTENANT, C'EST SON FILS QUI SE FAIT TRAITER COMME UN DÉCHET...
ELLE NE RISQUE PAS DE NE JAMAIS SE RÉVEILLER À CAUSE DU CHOC ?
C'EST GLAUQUE, HA HA.
ET ALORS QUE JE N'OSAIS PLUS RÉSISTER...
DE PEUR QUE MA MÈRE NE S'EFFONDRE À NOUVEAU...
L'AUTRE JOUR, TU M'AS DIT QUE CES GARS M'AVAIENT APPROCHÉ...
UNIQUEMENT POUR MON ARGENT, NON ?
ET TOI, ALORS... ?
J'AI FINI PAR...

EST-CE QUE TU AS UN VÉRITABLE AMI ICI, AU MOINS ?
?!
ME RETROUVER TOUT SEUL.

HA HA, POURQUOI TU NE RÉPONDS PAS ? TU AS PEUR ?
JE DEVRAIS LUI ÉCRIRE ?!
SI TU ME SUPPLIES À GENOUX...
TAC
ALORS C'EST AVEC ÇA QUE TU INTIMIDAIS JI-HAN ?
HUM... VU QUE JE NE PEUX PAS TOUTES LES CHERCHER UNE PAR UNE, JE DEVRAIS PEUT-ÊTRE JUSTE LE FORMATER...
TAC
TAC
TAC
TU N'UTILISERAIS PAS AUSSI UN CLOUD PAR HASARD ?
HA HA, IMBÉCILE... TU PEUX TOUJOURS LES EFFACER...
BIEN SÛR, TU AS SÛREMENT DÛ CACHER...
D'AUTRES PHOTOS OU VIDÉOS AILLEURS QUE SUR CE TÉLÉPHONE.
MAIS GARDE BIEN ÇA EN TÊTE.
JE NE SAIS PAS COMMENT C'ÉTAIT AVANT...
MAIS, MAINTENANT, JI-HAN M'A À SES CÔTÉS.

SI JAMAIS JE TE CHOPE À FAIRE LE C*N, APRÈS ÇA...
JE TE DÉFONCERAI.
SERRE
SI ÇA NE TENAIT QU'À MOI, JE LE FERAIS MAINTENANT, MAIS...
AUJOURD'HUI, JE PENSE QUE C'EST À TOI...
DE DÉCIDER QUOI FAIRE DE CE TYPE, JI-HAN.
PAF
OUCH... !
APRÈS TOUT, C'EST TOI QU'IL A BLESSÉ.
...
ARGH... !
AH... FAIT CH*ER...
D'ACCORD, TRÈS BIEN, J'AI PERDU...
APRÈS QUE NOTRE AMITIÉ A VOLÉ EN ÉCLATS, J'ÉTAIS CONSTAMMENT SEUL.

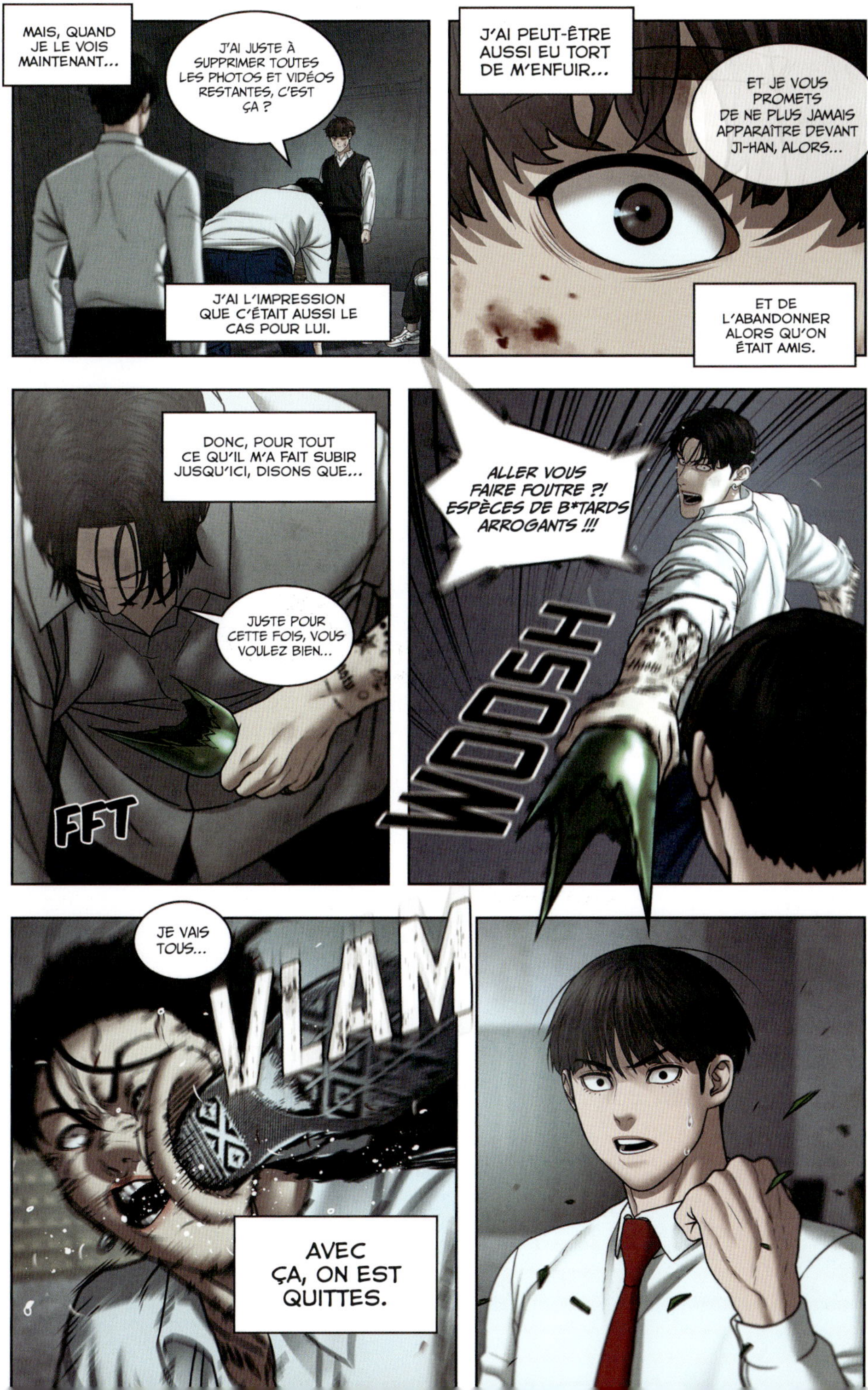

MAIS, QUAND JE LE VOIS MAINTENANT...
J'AI JUSTE À SUPPRIMER TOUTES LES PHOTOS ET VIDÉOS RESTANTES, C'EST ÇA ?
J'AI L'IMPRESSION QUE C'ÉTAIT AUSSI LE CAS POUR LUI.
J'AI PEUT-ÊTRE AUSSI EU TORT DE M'ENFUIR...
ET JE VOUS PROMETS DE NE PLUS JAMAIS APPARAÎTRE DEVANT JI-HAN, ALORS...
ET DE L'ABANDONNER ALORS QU'ON ÉTAIT AMIS.
DONC, POUR TOUT CE QU'IL M'A FAIT SUBIR JUSQU'ICI, DISONS QUE...
JUSTE POUR CETTE FOIS, VOUS VOULEZ BIEN...
FFT
ALLER VOUS FAIRE FOUTRE ?! ESPÈCES DE B*TARDS ARROGANTS !!!
WOOSH
JE VAIS TOUS...
VLAM
AVEC ÇA, ON EST QUITTES.

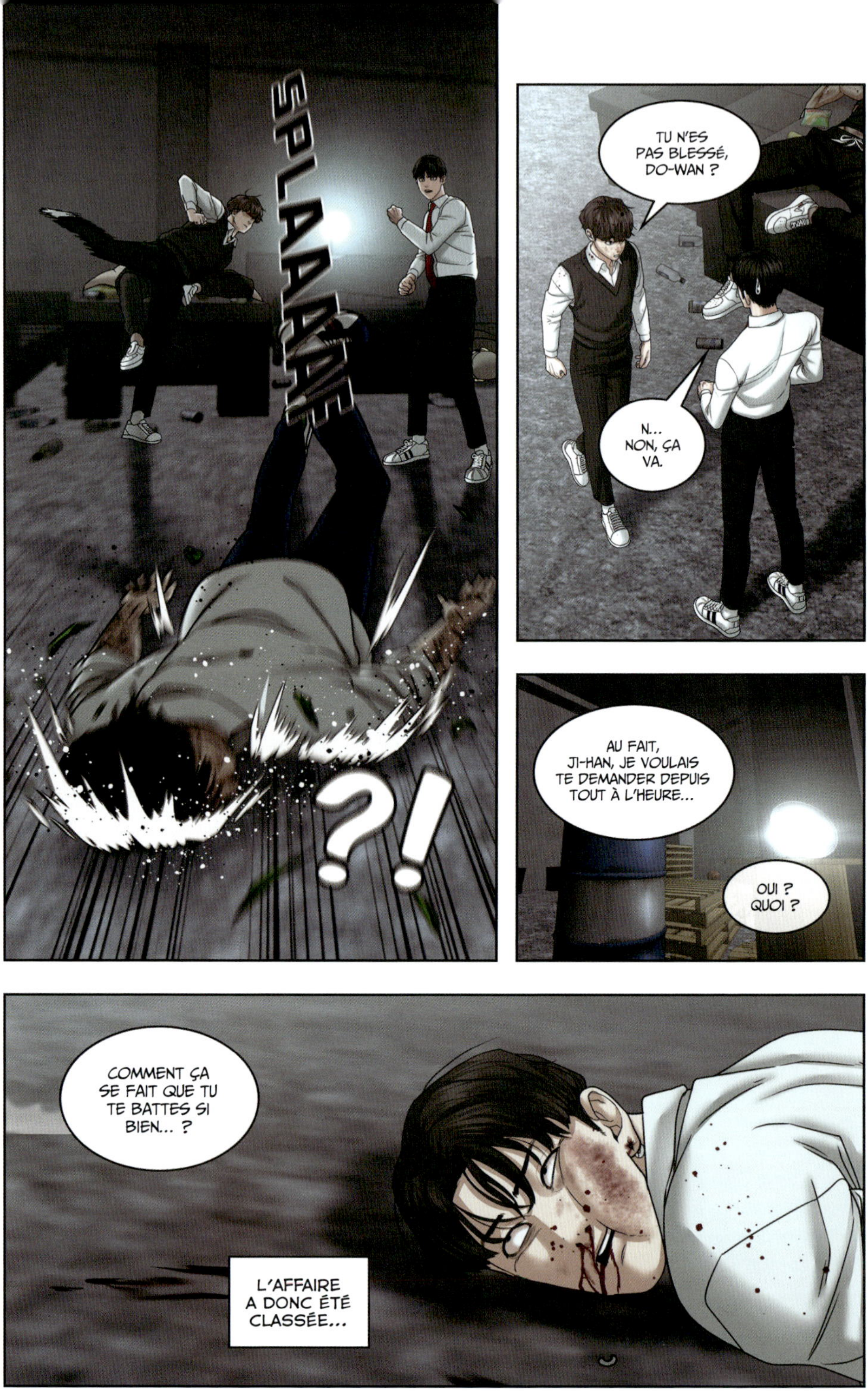
SPLAAAAE
?!
TU N'ES PAS BLESSÉ, DO-WAN ?
N... NON, ÇA VA.
AU FAIT, JI-HAN, JE VOULAIS TE DEMANDER DEPUIS TOUT À L'HEURE...
OUI ? QUOI ?
COMMENT ÇA SE FAIT QUE TU TE BATTES SI BIEN... ?
L'AFFAIRE A DONC ÉTÉ CLASSÉE...

ET, SUR LE CHEMIN DU RETOUR…
JI-HAN M'A RACONTÉ TOUT CE QU'IL A DÛ TRAVERSER.
AVEC TOUT CE QU'IL M'EST ARRIVÉ, JE SUIS DEVENU ENCORE PLUS TIMIDE…
ET C'EST SÛREMENT À CAUSE DE ÇA QUE J'AI CONTINUÉ À ME FAIRE HARCELER AU LYCÉE.
C'EST AUSSI POUR ÇA QUE TU TE LAISSAIS FAIRE PAR LES RACAILLES DU KARAOKÉ ?
OUI…
JE VOULAIS VRAIMENT ME SORTIR DE CETTE SITUATION, MAIS…
LE SIMPLE FAIT DE TENIR TÊTE À QUELQU'UN RÉVEILLAIT MON TRAUMATISME…
ET JE FINISSAIS PAR PERDRE MES MOYENS…
JE SUIS PATHÉTIQUE, HEIN ?
…
JE SUIS DÉSOLÉ DE T'AVOIR ENCORE IMPLIQUÉ DANS…
TU AS CARRÉMENT ASSURÉ, TOUT À L'HEURE.
?
SURTOUT À LA FIN, QUAND IL A BRANDI LA BOUTEILLE DE SOJU.
Il aurait pu me planter avec la bouteille.
SANS TOI, J'AURAIS ÉTÉ GRAVEMENT BLESSÉ !
…

J'AIMERAIS BIEN QUE...
TU TE FASSES UN AMI SUR LEQUEL TU PUISSES COMPTER.
PARCE QUE, COMME MOI, TU ES UN PEU FRAGILE...
ALORS IL TE FAUDRAIT UN AMI FORT, QUI PUISSE VEILLER SUR TOI À MA PLACE !
TU SAIS, JE NE SUIS PLUS FRAGILE, MAINTENANT.
HUM... DANS CE CAS, TOI AUSSI...
TU PEUX DEVENIR CE GENRE D'AMI POUR QUELQU'UN.
TU SAIS, JI-HAN...
AVOIR UN AMI SUR LEQUEL TU PEUX T'APPUYER, ET QUI PEUT S'APPUYER SUR TOI EN RETOUR...
ÇA TE DONNE LE COURAGE DE NE PAS FUIR...
PEU IMPORTE À QUEL POINT LA SITUATION PEUT ÊTRE PÉNIBLE.
...
C'EST CUCUL, CE QUE TU VIENS DE DIRE.
HA HA ! C'EST LA MÉNOPAUSE QUI ME FAIT PARLER COMME ÇA.

AU FAIT, COMMENT ON VA FAIRE SI…
LE GARS DE TOUT À L'HEURE ENVOIE LES PHOTOS ET LES VIDÉOS À TA MÈRE POUR SE VENGER ?
Je lui ai donné un avertissement, mais bon…
J'Y AI RÉFLÉCHI, ET…
MÊME SI JE NE SAIS PAS COMBIEN DE TEMPS ÇA VA ME PRENDRE…
JE VAIS ESSAYER D'ÊTRE HONNÊTE AVEC ELLE ET DE LUI EN PARLER PROGRESSIVE-MENT.
JE NE PEUX PAS CONTINUER INDÉFINIMENT À FUIR MON PASSÉ.
MAIS GARDE BIEN ÇA EN TÊTE.
JE NE SAIS PAS COMMENT C'ÉTAIT AVANT…
MAIS, MAINTENANT, JI-HAN M'A À SES CÔTÉS.
TU M'AS DONNÉ LE COURAGE D'ARRÊTER DE FUIR, DO-WAN.
MERCI.
…
AH, C'EST TROP CUCUL !
QUOI… ?!

DILING
!
Quête : Mission de sauvetage
Achevée
FIOU... ! ET SI ON REGARDAIT ÇA MAINTENANT ?
Récompense de quête
Vous avez reçu un item caché.
QU'EST-CE QU'ILS ENTENDENT PAR "ITEM CACHÉ" ?
SHAAA
HEIN... ?

C'EST QUOI, CE TRUC SINISTRE ?

REALITY QUEST

CHAPITRE 36

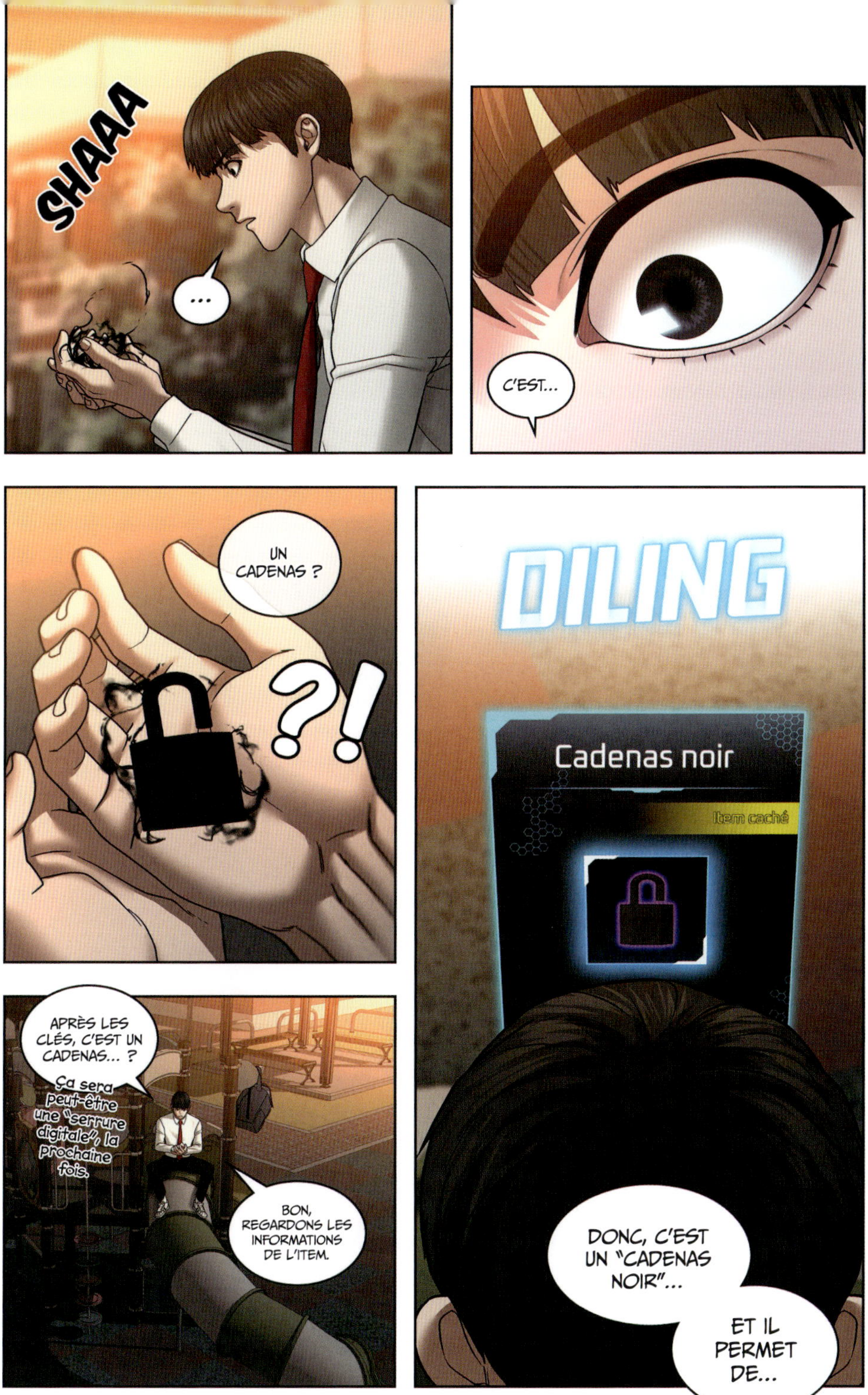
SHAAA
...
C'EST...
UN CADENAS ?
?!
DILING
Cadenas noir
Item caché
APRÈS LES CLÉS, C'EST UN CADENAS... ?
Ça sera peut-être une "serrure digitale", la prochaine fois.
BON, REGARDONS LES INFORMATIONS DE L'ITEM.
DONC, C'EST UN "CADENAS NOIR"...
ET IL PERMET DE...

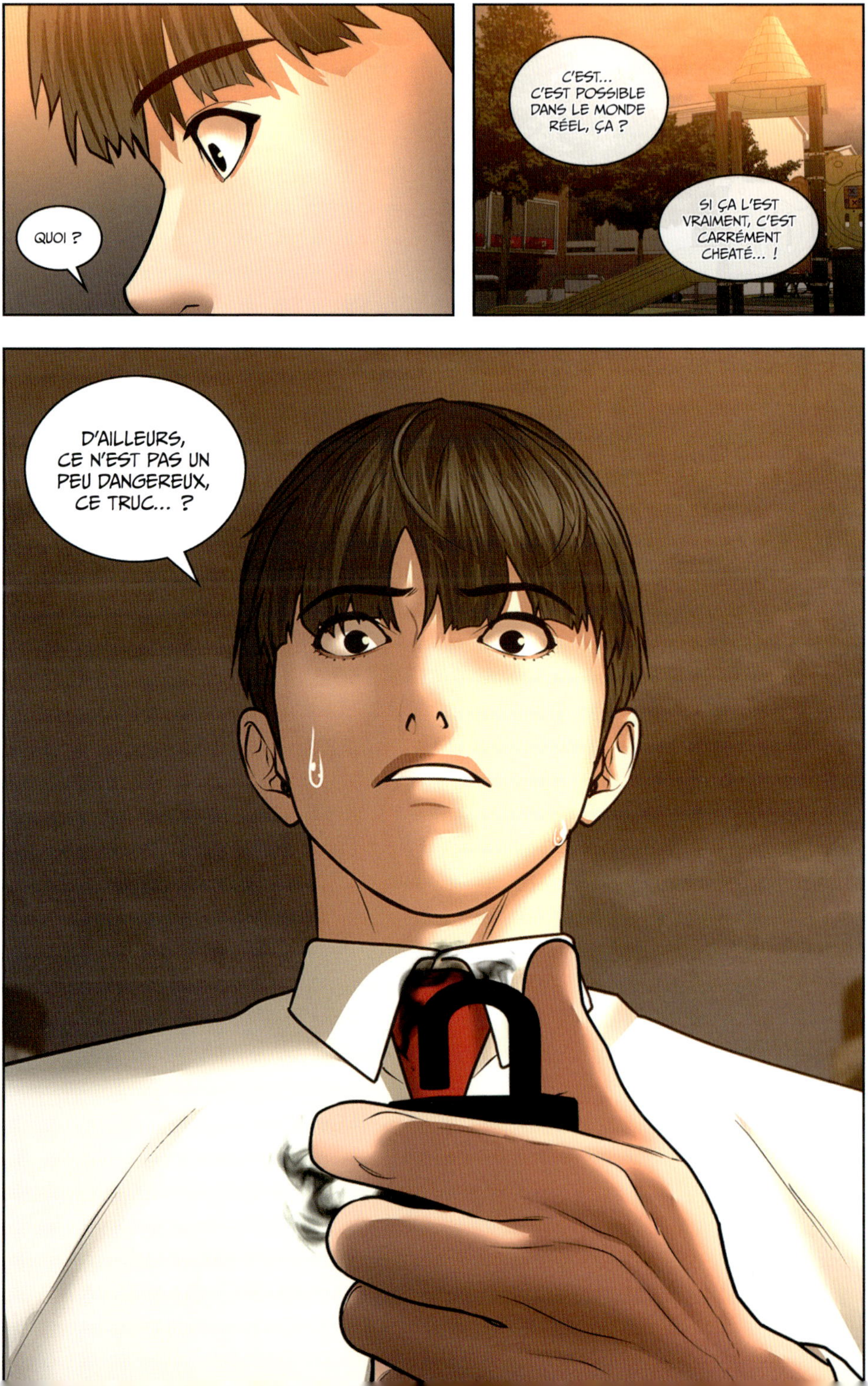
QUOI ?
C'EST… C'EST POSSIBLE DANS LE MONDE RÉEL, ÇA ?
SI ÇA L'EST VRAIMENT, C'EST CARRÉMENT CHEATÉ… !
D'AILLEURS, CE N'EST PAS UN PEU DANGEREUX, CE TRUC… ?

ENFIN... C'EST FINI... !
Aaaah...
FIN DES PARTIELS.
IL Y A EU BEAUCOUP DE QUESTIONS SUR LES PARTIES QUE TU M'AS FAIT RÉVISER...
VIDÉ
TU M'AS SAUVÉ, JI-HAN...
JE N'Y SUIS POUR RIEN, CE SONT SURTOUT TES EFFORTS QUI ONT PAYÉ.
Tu as même passé une nuit blanche, on dirait...
JE SUIS MORT... C'EST FINI LES RÉVISIONS À LA DERNIÈRE MINUTE...
À PARTIR DE MAINTENANT, JE M'Y PRENDRAI TOUJOURS À L'AVANCE...
TU VAS DIRECTEMENT À L'HÔPITAL, AUJOURD'HUI ?
OUI, VU QUE ÇA FAIT UN MOMENT QUE JE N'AI PAS VU MA MÈRE, À CAUSE DES RÉVISIONS...
ET QU'IL Y A LE VOYAGE SCOLAIRE, LA SEMAINE PROCHAINE.
...
JE VAIS CERTAINEMENT PASSER MON WEEK-END À L'HÔPITAL.
ET TOI, TU VAS FAIRE QUOI, CE WEEK-END ?
MOI AUSSI, JE DOIS ALLER QUELQUE PART.

TU N'AS PAS UNE IDÉE DE QUI POURRAIT ÊTRE LE COUPABLE ?
PAS DU TOUT...
APRÈS LA MORT DE MON PÈRE, LE REFUGE DU SOLEIL A ÉTÉ DISSOUS...
ET LES INFORMATIONS SUR LES PERSONNES QUI EN FAISAIENT PARTIE À L'ÉPOQUE ONT AUSSI...
AH...
LE BÂTIMENT QUI SERVAIT DE REFUGE DOIT ÊTRE RESTÉ TEL QUEL.
SI ÇA SE TROUVE, IL RESTE DES ARCHIVES LÀ-BAS... !
ÇA FAIT TELLEMENT LONGTEMPS QUE JE NE SUIS PAS VENU PAR ICI QUE MES SOUVENIRS SONT FLOUS...
TAP
TAP
JE DOIS TOURNER À DROITE LÀ-BAS, NON ?
TAP
TAP

ÇA FAIT TROIS ANS QUE L'ASSOCIATION A ÉTÉ DISSOUTE...
MAIS SI LES LOCAUX QUI SERVAIENT DE REFUGE SONT RESTÉS TELS QUELS...
TAP
TAP
IL RESTE SÛREMENT ENCORE DES INDICES.
CE WEEK-END, JE VAIS FOUILLER LES LOCAUX DE FOND EN COMBLE POUR...
HEIN... ?
C'EST BIZARRE...
C'ÉTAIT POURTANT BIEN ICI...
?!

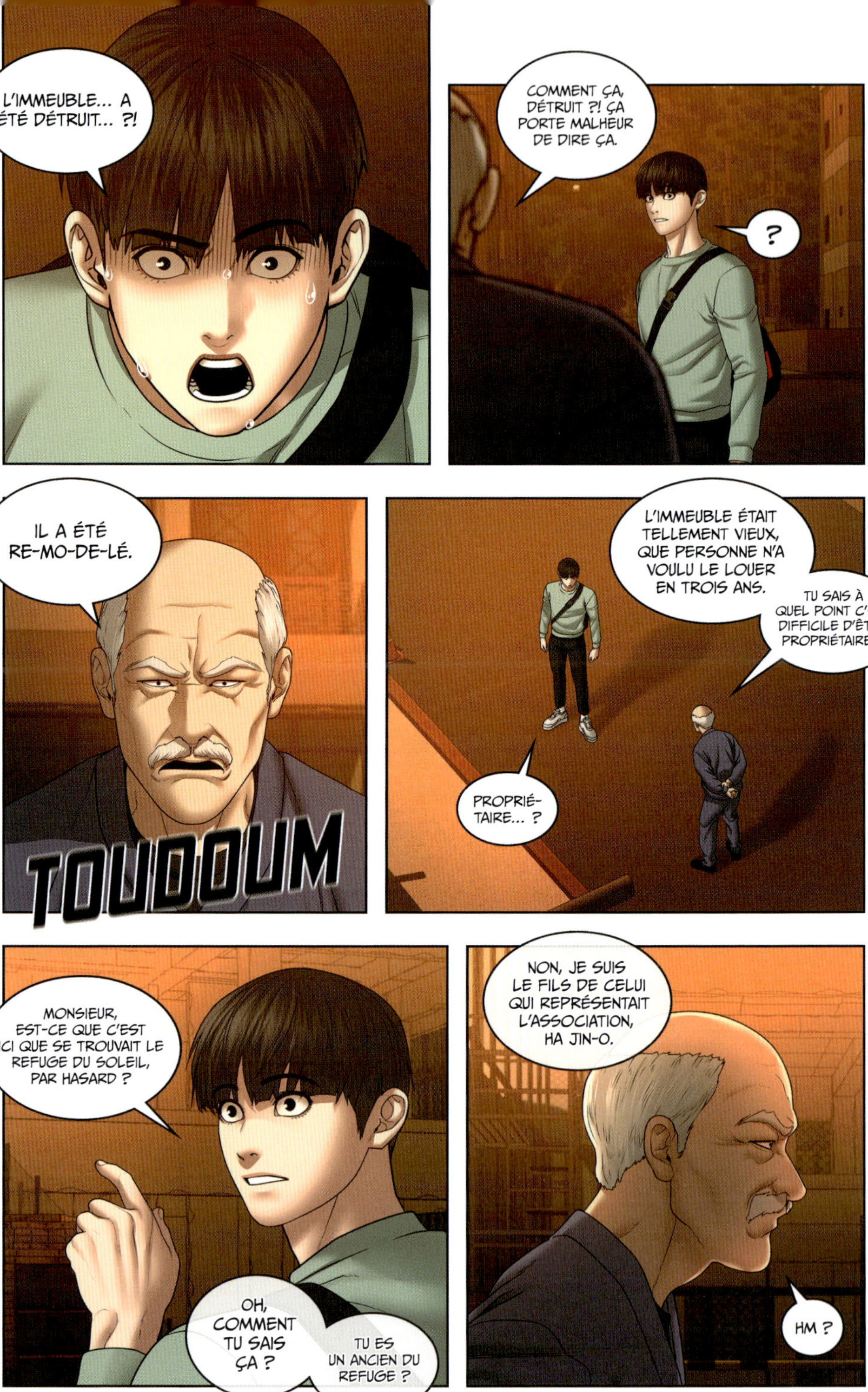
L'IMMEUBLE... A ÉTÉ DÉTRUIT... ?!
COMMENT ÇA, DÉTRUIT ?! ÇA PORTE MALHEUR DE DIRE ÇA.
?
IL A ÉTÉ RE-MO-DE-LÉ.
TOUDOUM
L'IMMEUBLE ÉTAIT TELLEMENT VIEUX, QUE PERSONNE N'A VOULU LE LOUER EN TROIS ANS.
TU SAIS À QUEL POINT C'EST DIFFICILE D'ÊTRE PROPRIÉTAIRE ?
PROPRIÉ-TAIRE... ?
MONSIEUR, EST-CE QUE C'EST ICI QUE SE TROUVAIT LE REFUGE DU SOLEIL, PAR HASARD ?
OH, COMMENT TU SAIS ÇA ?
TU ES UN ANCIEN DU REFUGE ?
NON, JE SUIS LE FILS DE CELUI QUI REPRÉSENTAIT L'ASSOCIATION, HA JIN-O.
HM ?

MAIS QU'EST-CE QUI T'AMÈNE ICI ?
EH BIEN... JE ME DEMANDAIS S'IL RESTAIT ENCORE DES AFFAIRES OU DES TRUCS DU GENRE DANS LES LOCAUX...
DES AFFAIRES ?
IL NE RESTE PLUS RIEN.
J'AI TOUT JETÉ, SANS EXCEPTION, QUAND LE REFUGE A FERMÉ.
AH...
J'IMAGINE QUE JE NE TROUVERAI AUCUNE PISTE ICI ALORS...
AH, SI !
ATTENDS-MOI ICI DEUX MINUTES.
?
TIENS.
?
QU'EST-CE QUE C'EST ?
IL NE RESTAIT CLAIREMENT PLUS RIEN DANS LES ANCIENS LOCAUX DU REFUGE...
ET PERSONNE NE LES A LOUÉS DEPUIS.

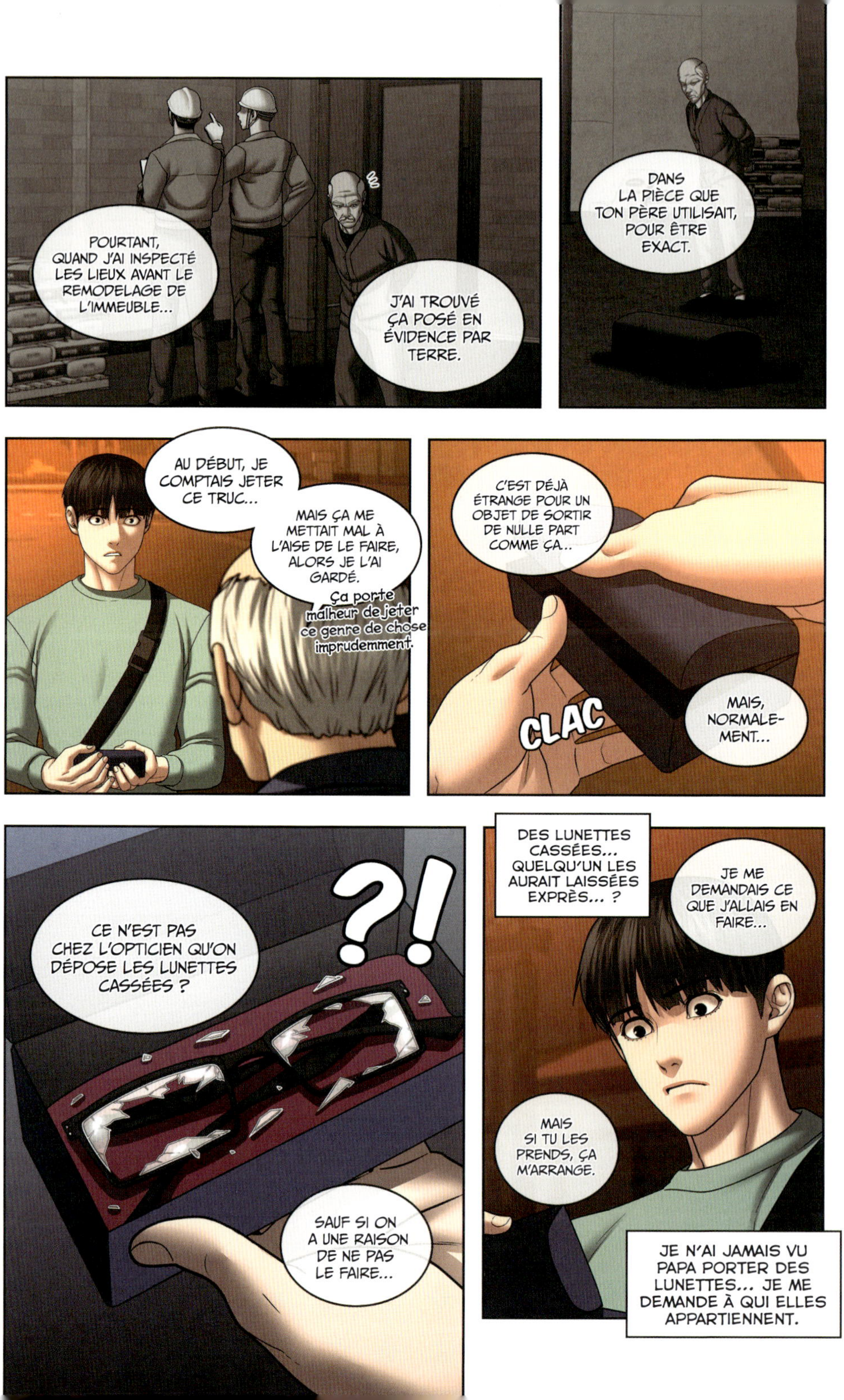
POURTANT, QUAND J'AI INSPECTÉ LES LIEUX AVANT LE REMODELAGE DE L'IMMEUBLE...
J'AI TROUVÉ ÇA POSÉ EN ÉVIDENCE PAR TERRE.
DANS LA PIÈCE QUE TON PÈRE UTILISAIT, POUR ÊTRE EXACT.
AU DÉBUT, JE COMPTAIS JETER CE TRUC...
MAIS ÇA ME METTAIT MAL À L'AISE DE LE FAIRE, ALORS JE L'AI GARDÉ.
Ça porte malheur de jeter ce genre de chose imprudemment.
C'EST DÉJÀ ÉTRANGE POUR UN OBJET DE SORTIR DE NULLE PART COMME ÇA..
MAIS, NORMALEMENT...
CLAC
CE N'EST PAS CHEZ L'OPTICIEN QU'ON DÉPOSE LES LUNETTES CASSÉES ?
?!
SAUF SI ON A UNE RAISON DE NE PAS LE FAIRE...
DES LUNETTES CASSÉES... QUELQU'UN LES AURAIT LAISSÉES EXPRÈS... ?
JE ME DEMANDAIS CE QUE J'ALLAIS EN FAIRE...
MAIS SI TU LES PRENDS, ÇA M'ARRANGE.
JE N'AI JAMAIS VU PAPA PORTER DES LUNETTES... JE ME DEMANDE À QUI ELLES APPARTIENNENT.

ENFIN, SI ÇA SE TROUVE, ELLES N'ONT RIEN À VOIR AVEC LE REFUGE.
EN TOUT CAS, C'EST TOUT CE QU'IL RESTE.
MERCI, MONSIEUR ! SUR CE...
MAIS DANS LE DOUTE, JE VAIS QUAND MÊME LES PRENDRE.
AU FAIT, POURQUOI CHERCHER UN TRUC PAREIL, APRÈS TOUT CE TEMPS ?
...
J'IMAGINE QUE JE N'AI PAS BESOIN DE LUI DIRE LA VÉRITÉ...
TANT QUE JE N'AURAI PAS TIRÉ CETTE AFFAIRE AU CLAIR...
C'EST JUSTE QUE... MON PÈRE ME MANQUAIT.
MIEUX VAUT NE RIEN DIRE À PERSONNE.
TSK... ! C'EST D'UN ENNUI...
SI TU AS FINI, VA-T'EN !
FWIP
AU REVOIR, MONSIEUR !
...
M*RDE, IL ÉTAIT OBLIGÉ DE DIRE UN TRUC AUSSI TOUCHANT... ?
Ça porte malheur...
SNIF

TRÈS BIEN, ALORS...
QUE PUIS-JE FAIRE POUR VOUS AUJOURD'HUI, MONSIEUR ?
TAC TAC
TAC TAC
Membre du gang de Gwanak
Affilié à Seowon
Chae Jin-Ho
Consultant de l'agence de renseignement
YU JI-HAN...
SERRE
ET HA DO-WAN...
JE VEUX QUE VOUS DÉFONCIEZ CES ENFL*RES... !
?!
Lee Gu-Min
...
TAC TAC
TRÈS BIEN. MAIS IL SE TROUVE QU'IL Y A QUELQUES JOURS...
VOUS ÊTES DÉJÀ VENU POUR NOUS DEMANDER DE...
TAC TAC
TAC TAC
"DISCIPLINER VOS SENIORS DE TERMINALE", VOYEZ-VOUS.

DONC, SI VOUS AJOUTEZ CETTE COMMISSION, LES FRAIS VONT...
TAC
P*TAIN, TU AS PEUR QUE JE N'AIE PAS L'ARGENT OU QUOI ?
VOUS AVEZ JUSTE À FAIRE CE QUE JE VOUS DEMANDE.
...
SSK
CLAC
AAH...
FFT
LA FAÇON DE PENSER DES GOSSES DE RICHES SANS MANIÈRES...
QUI CROIENT QUE L'ARGENT PEUT TOUT RÉSOUDRE...
EST TEEELLEMENT MERVEILLEUSE, MONSIEUR !
CLAP
?!
SUR CE, JE VAIS PRENDRE VOTRE DEMANDE IMMÉDIATEMENT !

TAC TAC
POURRIEZ-VOUS ME REDONNER LEURS NOMS ET CELUI DE LEUR LYCÉE ?
TAC TAC
YU JI-HAN ET HA DO-WAN, LYCÉE DE SINAN.
TAC TAC
AHA ! YU JI-HAN... ET HA DO...
TAC
VOUS AVEZ BIEN DIT "HA DO-WAN" ?
OUI, IL Y A UN PROBLÈME ?
NON...
ABSOLUMENT AUUUCUN PROBLÈME !
Ha Do-Wan
18 ans
Lycée de Sinan
Affiliation : chef de Boramae
<Note>
Se serait battu avec le chef de Bongcheon, Jeong Seok-Yeong, et aurait gagné selon certaines rumeurs.
Lycée de Sinan
Affiliation : chef de Boramae
<Note>
Se serait battu avec le chef de Bongcheon, Jeong Seok-Yeong, et aurait gagné selon certaines
...
JE TE PRÉVIENS, CES ENF*IRÉS SONT VRAIMENT FORTS.
SI TU ENVOIES N'IMPORTE QUI, TES GARS VONT Y LAISSER DES PLUMES.
JE VOIS... MERCI POUR LE CONSEIL, MONSIEUR.
MAIS NE VOUS EN FAITES PAS.

J'AI L'ÉQUIPE D'EXPERTS PARFAITE POUR RÉPONDRE À VOTRE DEMANDE.
VOYEZ-VOUS, ILS SONT TRÈS COMPÉTENTS...
ET COMME ILS SORTENT TOUT JUSTE D'UN REPOS EN MAISON DE CORRECTION...
ILS ONT DE L'ÉNERGIE À REVENDRE.
?!
GRAND FRÈRE, TU TE DÉM*RDES COMMENT AVEC LE CHEF ?
CRAC
Affilié à Seowon
Oh Hyo-Seop
(élève de 1re)
Le petit taré
AAAAARGH !!!
MOI, J'EN AI FINI AVEC LES SBIRES.
...

PETIT FRÈRE, JE T'AI DÉJÀ DIT DE ME PARLER AVEC PLUS DE RESPECT.
Affilié à Seowon
Oh Tae-Seop
(élève de 1re)
Le taré
ENTRE JUMEAUX, PAS BESOIN DE RESPECT, HA HA.
VIOUUU
AAH...
SI JE TE LÂCHE, TU ES FOUTU.
?!
BREF ! NE VOUS INQUIÉTEZ DE RIEN...
ET FAITES-NOUS CONFIANCE, MONSIEUR.

DIRE QUE C'EST DÉJÀ LE VOYAGE SCOLAIRE...
OÙ EST LE BUS DE MA CLASSE...
JE ME DEMANDE...
LE TEMPS EST VRAIMENT PASSÉ VITE.
ILS SONT TOUS TELLEMENT EXCITÉS...
BROUHAHA
Hi hi !
Ha ha !
Pouah ha ha !
Hé hé !
BROUHAHA
JUSQU'ICI, JE NE ME SUIS ENCORE JAMAIS AMUSÉ PENDANT UN VOYAGE SCOLAIRE...
AAH... ÇA NE M'ENCHANTE PAS VRAIMENT D'Y ALLER...
J'AURAIS PRÉFÉRÉ RESTER À LA MAISON POUR JOUER...
SALUT, DO-WAN !
HM ?
A-LIN !
?!

J'AI VRAIMENT TROP HÂTE D'Y ÊTRE. PAS TOI ?
SI, CARRÉMENT ! JE SENS QUE ÇA VA ÊTRE LE MEILLEUR VOYAGE DE MA VIE !
DO-WAN !
OH, TU ES LÀ, JI-HAN ?
Tu choisis bien ton moment, ha ha...
Hein ?
MAIS, CETTE FOIS, IL Y A A-LIN ET JI-HAN.
SI ÇA SE TROUVE... CE VOYAGE NE SERA PEUT-ÊTRE PAS SI MAL ?
VOUS AVEZ TOUS COMPRIS LES EXIGENCES DU CLIENT, PAS VRAI ?
DE TOUTE FAÇON, VOUS ALLEZ OPÉRER DANS UNE AUTRE RÉGION, ALORS N'HÉSITEZ PAS...
LYCÉE DE SINAN (VOYAGE SCOLAIRE)
SÉOUL → GYEONGJU
ET FAITES COMME D'HABITUDE.
ESTROPIEZ-LES.
?!
HYO-SEOP...
TAE-SEOP...

J'AI VRAIMENT...
HÂTE D'Y ÊTRE.

REALITY QUEST

CHAPITRE 37

BON, ON EST ARRIVÉS.
DESCENDEZ CHACUN VOTRE TOUR !

HMM... HM... ?

ON EST OÙ ?
COMMENT TU AS PU DORMIR PENDANT TOUT LE TRAJET ?

ON VIENT JUSTEMENT D'ARRIVER À DESTINATION.

ON EST À GYEONGJU !
AAAH...

CUI-CUI
CUI-CUI
ON VA VRAIMENT FAIRE ÇA...
POUR NOTRE DERNIER VOYAGE SCOLAIRE... ?
DE LA POTERIE ?!
TOUDOUM
1ER JOUR DU VOYAGE : ATELIER DE POTERIE
ON N'EST PAS DES GAMINS DE PRIMAIRE, QUE JE SACHE...
FFT
FFT
MAIS ON PEUT GARDER NOTRE POTERIE EN SOUVENIR. C'EST CHOUETTE, NON ?
LA GARDER EN SOUVENIR...
C'EST VRAI QUE, VU COMME ÇA, CE N'EST PAS SI MAL.
JE PENSERAI SÛREMENT À CE VOYAGE À CHAQUE FOIS QUE JE LA VERRAI, NON ?
EN PLUS, JE L'AI PLUTÔT BIEN RÉUSSIE, HA HA.

SPLASH
?!
JE NE PEUX PAS METTRE UN TEL DÉCHET...
DANS LE FOUR SACRÉ OÙ L'ON FAIT CUIRE LES POTERIES.
Maître potier Choi Taek-Jin
NOOON, MA POTERIE !!!
MAÎTRE ! JE VOUS AI DÉJÀ DIT DE NE PAS VENIR PENDANT LES ATELIERS AVEC LES ÉLÈVES !
Pourquoi faut-il toujours que vous veniez détruire ce que font les enfants ?!
MON SOUVENIR...
OUI, MAIS JE DOIS TROUVER MON SUCCESSEUR...
HM ?
EUH... EST-CE QUE... C'EST TOI QUI AS FAIT ÇA... ?
OUI... C'EST MOI...
MON DIEU... MAIS ÇA NE SERAIT PAS...
LE TRÉSOR NATIONAL N° 91, "L'OBJET FUNÉRAIRE EN FAÏENCE EN FORME DE GUERRIER À CHEVAL" ?!
?!
DIRE QUE TU L'AS REPRODUIT À LA PERFECTION... !
PETIT... QUI ES-TU, AU JUSTE ?!
PARDON... ? J'AI JUSTE SUIVI QUELQUES COURS DE POTERIE QUAND J'ÉTAIS PETIT...
...
OH... J'AI ENFIN TROUVÉ MON SUCCESSEUR !
VOUS EXAGÉREZ... HA HA...
C'EST QUOI, CE TRUC... ?

1ER JOUR DU VOYAGE : DÉJEUNER
J'AI LA DALLE... ON MANGE QUOI, CE MIDI ?
ON EST EN VOYAGE SCOLAIRE, DONC C'EST ÉVIDENT...
LE TRADITIONNEL PORC SAUTÉ À LA SAUCE PIQUANTE, HA HA.
HM ? VOUS ALLEZ OÙ ?
CE N'EST PAS LE MOMENT D'ALLER MANGER ?
ON A TROP FAIM, MONSIEUR.
OUI, C'EST BIEN L'HEURE DU DÉJEUNER...
MAIS ON VA MANGER ICI.
ATELIER DE POTERIE
PARDON ?
MAIS C'EST LÀ QU'ON A FAIT DE LA POTERIE...
VOICI UNE PIZZA BASILIC PESTO DOUBLE MASCARPONE CROUSTILLANTE...
?!
CUITE À HAUTE TEMPÉRATURE DANS UN FOUR EN CÉRAMIQUE

OUAH, DIRE QUE VOUS ÊTES À LA FOIS POTIER ET PIZZAIOLO... VOUS ÊTES INCROYABLE, MONSIEUR.
C'EST BON, PAS VRAI ?
J'UTILISE DU FROMAGE ET DE LA PÂTE FERMENTÉS DANS DES JARRES EN TERRE CUITE.
ALORS COMME ÇA, IL NE PEUT PAS METTRE MA POTERIE DANS LE FOUR
GNOM
GNOM
PAR CONTRE, LES PIZZAS, ÇA NE POSE PAS DE PROBLÈME... ?!
OUAH, C'EST SUPER BON !
... ?!
SI TU DEVIENS MON DISCIPLE, JE T'ENSEIGNERAI MOI-MÊME LA RECETTE DE PIZZA QUE J'AI APPRISE EN ITALIE.
Hé hé hé !
HA HA...
1ER JOUR DU VOYAGE : VISITE DE MUSÉE
MUSÉE NATIONAL DE GYEONGJU
AAAAH...

VISITER UN MUSÉE JUSTE APRÈS MANGER…
ÇA M'A ENDORMI…
OUI, C'ÉTAIT UN PEU BARBANT…
MAIS BON AU MOINS, MAINTENANT, ON VA AVOIR…
BROUHAHA
?
BROUHAHA
HÉ, C'EST A-LIN DE LA CLASSE 7, NON ?
OUAH… MÊME ICI ELLE EST ÉBLOUISSANTE…
FWIP
A-LIN ?!
ELLE EST UN PEU TROP ÉBLOUISSANTE ?
SCINTILLE
SCINTILLE
SCINTILLE
MAIS TU NE TROUVES PAS QUE…

ALORS ? ÇA ME VA BIEN OU PAS ?
NE M'ADRESSE PAS LA PAROLE, TU ME FAIS TROP HONTE.
JE VEUX DIRE, ÇA A BEAU ÊTRE UN SOUVENIR...
QUI ACHÈTE VRAIMENT CE GENRE DE TRUC ?!
MAIS C'EST JOLI !
TU VEUX L'ESSAYER, TOI AUSSI ? EN PLUS, ELLE EST EN PLASTIQUE, C'EST LÉGER !
NON, LAISSE-MOI !!!
TAP TAP TAP
...
DIRE QU'ELLE EST MAGNIFIQUE MÊME AVEC "LA COURONNE EN OR DE LA TOMBE DU CHEVAL CÉLESTE" SUR LA TÊTE...
C'EST BIEN A-LIN, ÇA...
VOUS AVEZ TOUS BIEN VISITÉ LE MUSÉE ?
OUIII...
PAS TRÈS ÉNERGIQUE COMME RÉPONSE, DITES DONC.
ENFIN, VOUS AVEZ EU UNE LONGUE JOURNÉE...

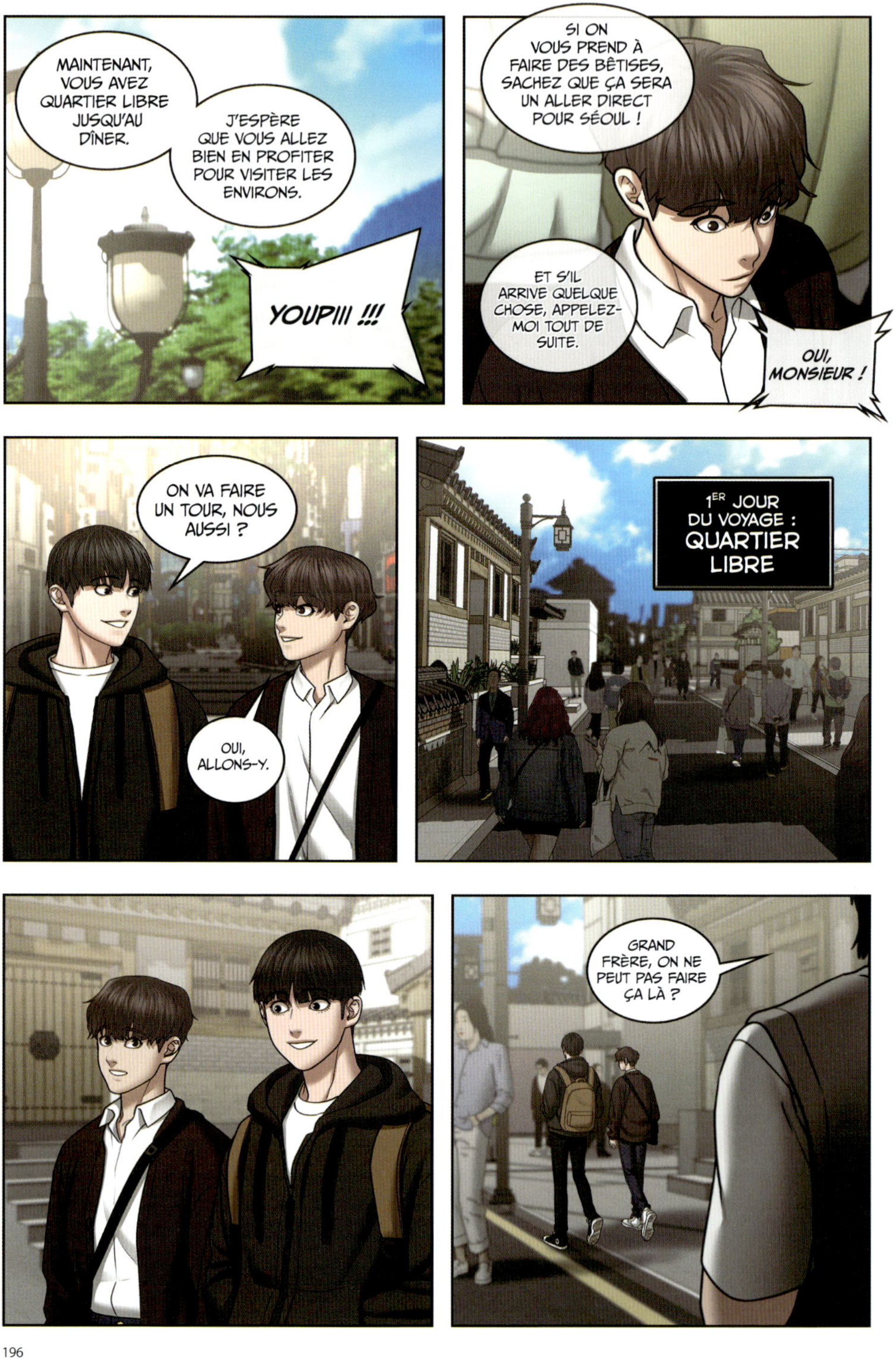
MAINTENANT, VOUS AVEZ QUARTIER LIBRE JUSQU'AU DÎNER.
J'ESPÈRE QUE VOUS ALLEZ BIEN EN PROFITER POUR VISITER LES ENVIRONS.
YOUPIII !!!
SI ON VOUS PREND À FAIRE DES BÊTISES, SACHEZ QUE ÇA SERA UN ALLER DIRECT POUR SÉOUL !
ET S'IL ARRIVE QUELQUE CHOSE, APPELEZ-MOI TOUT DE SUITE.
OUI, MONSIEUR !
ON VA FAIRE UN TOUR, NOUS AUSSI ?
OUI, ALLONS-Y.
1ER JOUR DU VOYAGE : QUARTIER LIBRE
GRAND FRÈRE, ON NE PEUT PAS FAIRE ÇA LÀ ?

CE TYPE, DO-WAN...
SLURP
J'AI ENVIE DE ME BATTRE AVEC LUI TOUT DE SUITE, HA HA.
Affilié à Seowon
Oh Hyo-Seop
(élève de 1re)
Le petit taré
CE N'EST PAS ENCORE L'HEURE.
SOIS PATIENT.
PCHIII
TOUT POSE PROBLÈME CHEZ TOI, PETIT FRÈRE.
MAIS TON PLUS GROS PROBLÈME, C'EST QUE TU MANQUES DE "PATIENCE".
ET UNE GLACE POUR MONSIEUR !
SSK
Affilié à Seowon
Oh Tae-Seop
(élève de 1re)
Le taré
C'EST POUR ÇA QUE TU GÂCHES TOUJOURS TOUT CE...
TAC
OH... ?
TOU... TOUTES MES EXCUSES... ! JE VAIS ESSUYER ÇA TOUT DE SUITE !
OH ? MAIS C'EST UN T-SHIRT AUQUEL TU TIENS, EN PLUS...
C'est le nouveau Stone Islend que tu t'es payé, ha ha.
...

HUM... AU FAIT, TAE-SEOP...
TAP
TAP
TU ES SÛR DE SAVOIR CE QU'EST LA "PATIENCE" ?
?!
MIAM
OH ! C'EST MEILLEUR QUE JE NE LE PENSAIS.
THE BANK OF KOREA 1966 10
JE M'AMUSE.

J'AVOUE. MÊME APRÈS AVOIR MANGÉ AUTANT DE PIZZAS, ÇA PASSE TOUT SEUL.
C'EST DONC COMME ÇA QU'EST CENSÉ SE PASSER UN VOYAGE SCOLAIRE...
AVANT...
JE ME RETROUVAIS TOUJOURS À CÔTÉ DU PROF, DANS LE BUS...
ET, UNE FOIS SUR PLACE, JE RESTAIS TOUT SEUL DANS UN COIN À FIXER MON PORTABLE.
LE SOIR, J'ÉTAIS OBLIGÉ DE CHANGER DE CHAMBRE AVEC LES RACAILLES...
ET LA NUIT, MÊME SI ON ME METTAIT DU DENTIFRICE ET ME DESSINAIT SUR LE VISAGE...
JE NE POUVAIS RIEN FAIRE D'AUTRE QUE SERRER LES DENTS ET FAIRE SEMBLANT DE DORMIR. C'ÉTAIT UN VÉRITABLE ENFER.

MAIS LE DO-WAN QUI DEVAIT ENDURER TOUT ÇA...
AH, JE VAIS PLEURER...
SNIF
APPARTIENT MAINTENANT AU PASSÉ...
DO-WAN, TU VEUX QU'ON Y AILLE ?
OÙ ÇA ?
ESSAYER UNE DES ATTRACTIONS INCONTOURNABLES DE GYEONGJU.
LE QUAD.
ALORS ÇA RESSEMBLE À ÇA, UN QUAD...
ON PEUT EN FAIRE, MÊME SANS PERMIS ?
OUI, APPAREM-MENT.
VROUUUM
HIII !
HM ?

CRIIIII
NON, NON, ARRÊTEZ !!!
VOUS NE POUVEZ PAS ROULER COMME ÇA, MESDEMOI-SELLES !!!
MAIS C'EST...
FIOU... EST-CE QUE L'UNE DE VOUS A DÉJÀ FAIT DU VÉLO, AU MOINS ?
HUFF
HUFF
LAISSEZ TOMBER, C'EST TROP DANGEREUX. ALLEZ, DESCENDEZ, DESCENDEZ !
Je vous rembourserai.
OUI... ! JE CROIS QUE ÇA NE VA PAS LE FAIRE DU TOUT.
FAISONS AUTRE CHOSE À LA PLACE...
Je tiens à la vie...
HUFF
HUFF
C'EST DOMMAGE... JE VOULAIS ABSOLUMENT EN FAIRE...
A-LIN ?!
ÇA VA, A-LIN ?
?
OH, DO-WAN !
VOUS VOUS CONNAISSEZ ?
PARDON ? AH, OUI.
VOUS ÊTES AUSSI VENUS FAIRE DU QUAD ?
OUI, EN EFFET...

HUM... VOYONS VOIR... DEUX ÉQUIPES DE DEUX...
MARMONNE
ÇA SERAIT DOMMAGE DE DEVOIR LES REMBOURSER... DANS CE CAS...
MARMONNE

VOUS TOMBEZ À PIC !
?
TAP

LES FILLES N'ONT QU'À MONTER CHACUNE AVEC UN GARÇON !
?!

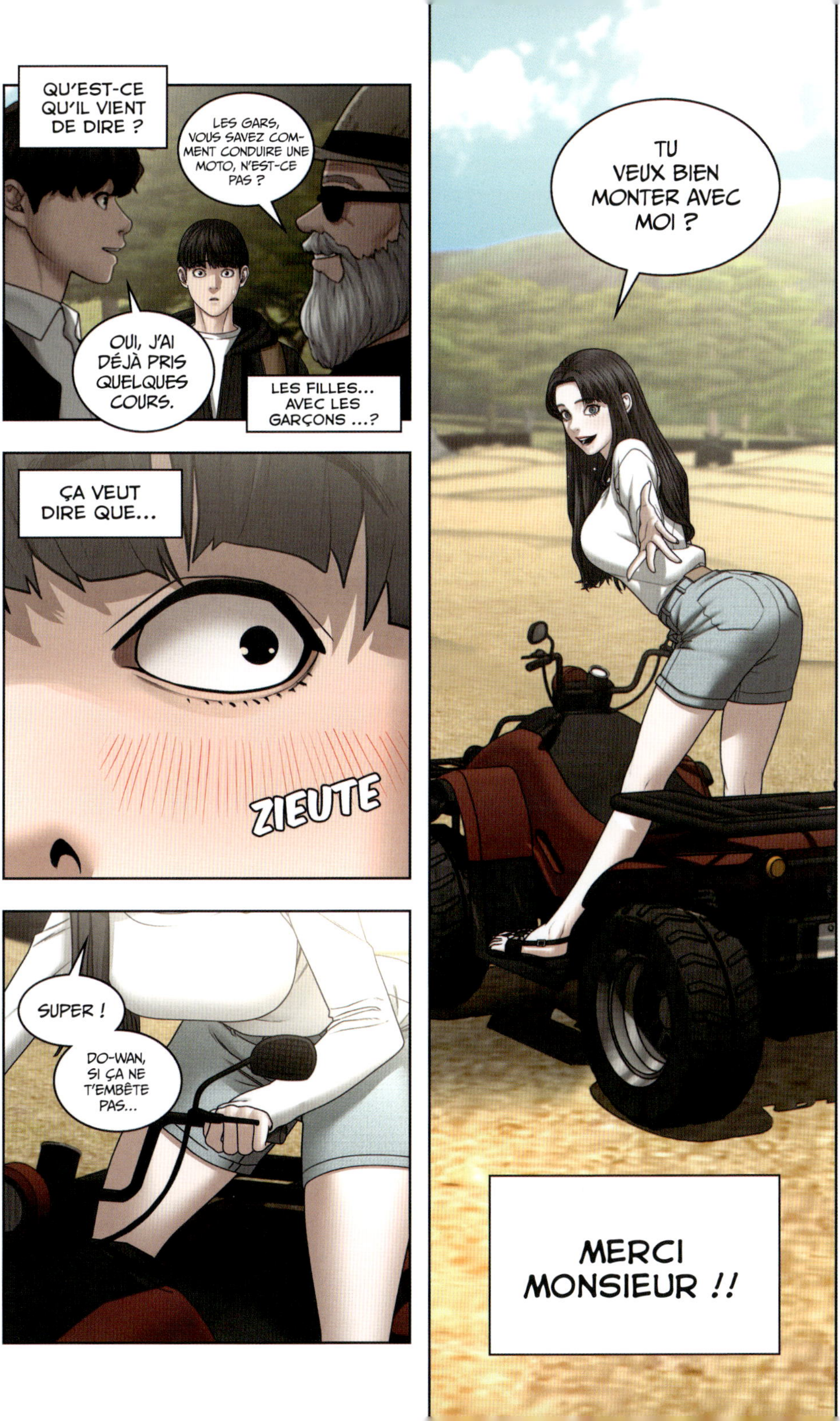
QU'EST-CE QU'IL VIENT DE DIRE ?
LES GARS, VOUS SAVEZ COMMENT CONDUIRE UNE MOTO, N'EST-CE PAS ?
OUI, J'AI DÉJÀ PRIS QUELQUES COURS.
LES FILLES... AVEC LES GARÇONS ...?
ÇA VEUT DIRE QUE...
ZIEUTE
SUPER !
DO-WAN, SI ÇA NE T'EMBÊTE PAS...
TU VEUX BIEN MONTER AVEC MOI ?
MERCI MONSIEUR !!

REALITY QUEST

CHAPITRE 38

VROUUUM
BOUM
BOUM
J'AI TROP CHAUD.
BOUM
Aaaaah !
BOUM
ELLE EST TROP PRÈS.
BOUM
Plus vite plus vite !
MON CŒUR VA EXPLOSER !!
BOUM
BOUM
MON CŒUR…

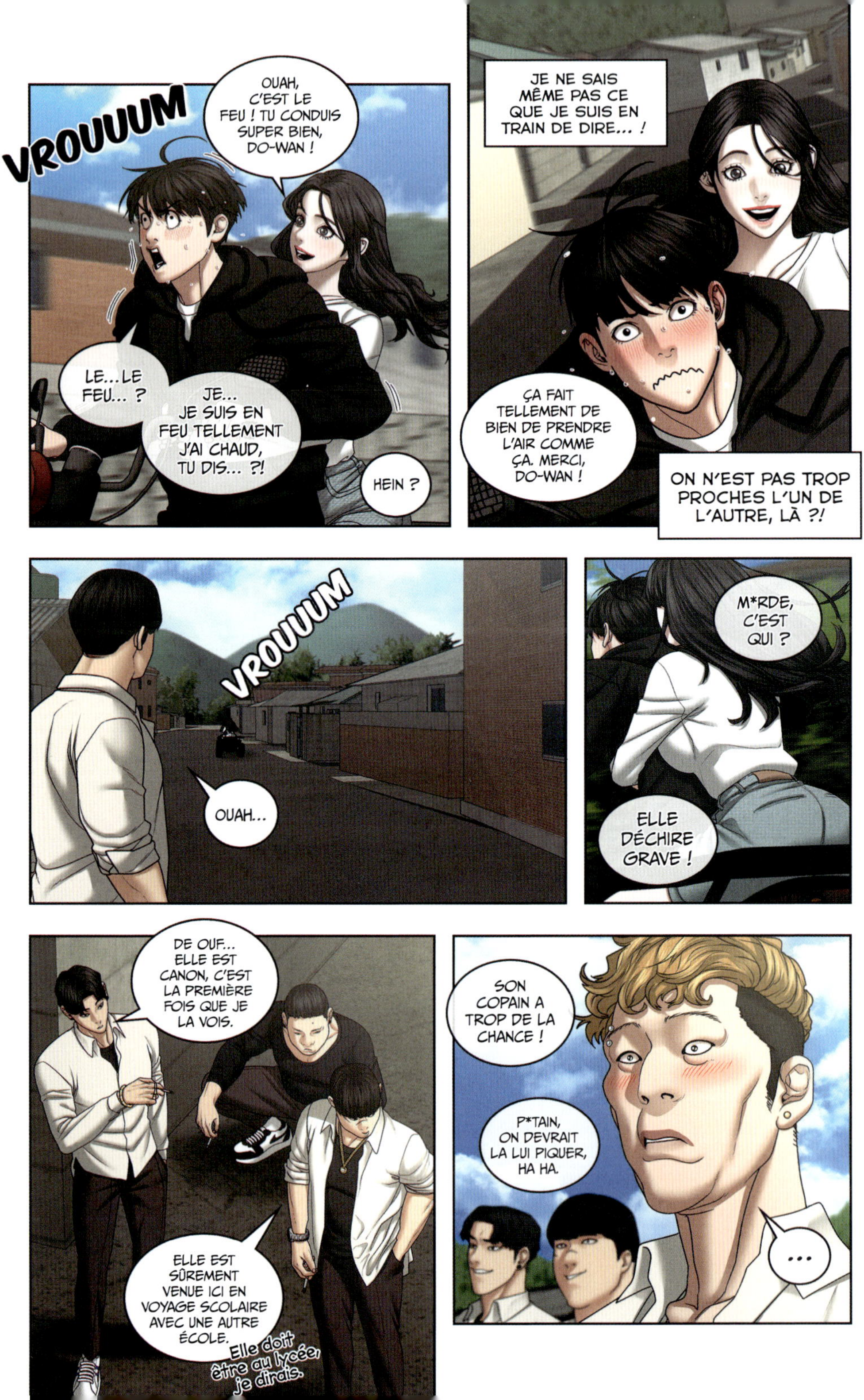
VROUUUM
OUAH, C'EST LE FEU ! TU CONDUIS SUPER BIEN, DO-WAN !
LE... LE FEU... ?
JE... JE SUIS EN FEU TELLEMENT J'AI CHAUD, TU DIS... ?!
HEIN ?
JE NE SAIS MÊME PAS CE QUE JE SUIS EN TRAIN DE DIRE... !
ÇA FAIT TELLEMENT DE BIEN DE PRENDRE L'AIR COMME ÇA. MERCI, DO-WAN !
ON N'EST PAS TROP PROCHES L'UN DE L'AUTRE, LÀ ?!
VROUUUM
OUAH...
M*RDE, C'EST QUI ?
ELLE DÉCHIRE GRAVE !
DE OUF... ELLE EST CANON, C'EST LA PREMIÈRE FOIS QUE JE LA VOIS.
ELLE EST SÛREMENT VENUE ICI EN VOYAGE SCOLAIRE AVEC UNE AUTRE ÉCOLE.
Elle doit être au lycée, je dirais.
SON COPAIN A TROP DE LA CHANCE !
P*TAIN, ON DEVRAIT LA LUI PIQUER, HA HA.
...

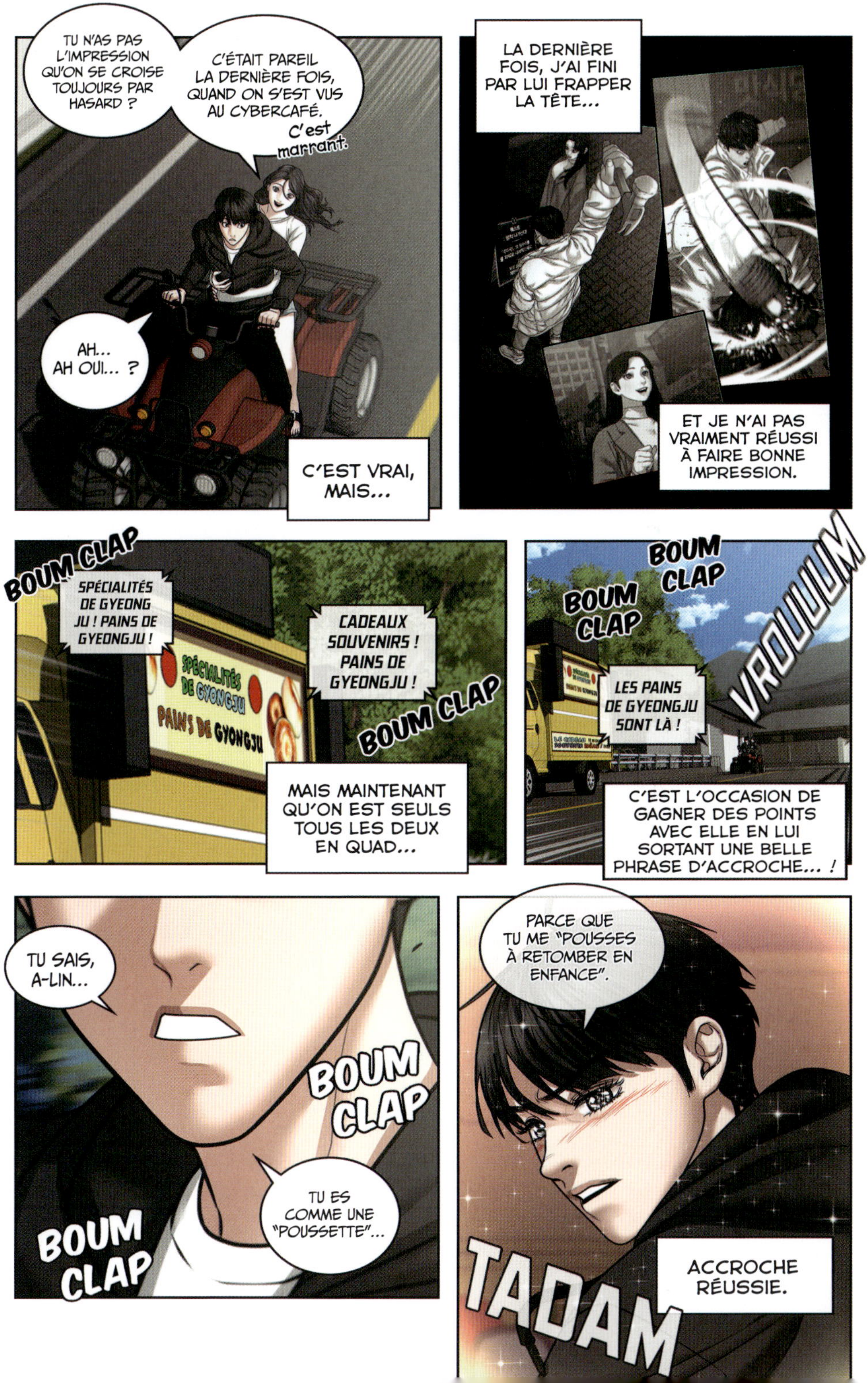
TU N'AS PAS L'IMPRESSION QU'ON SE CROISE TOUJOURS PAR HASARD ?
C'ÉTAIT PAREIL LA DERNIÈRE FOIS, QUAND ON S'EST VUS AU CYBERCAFÉ.
C'est marrant.
AH... AH OUI... ?
C'EST VRAI, MAIS...
LA DERNIÈRE FOIS, J'AI FINI PAR LUI FRAPPER LA TÊTE...
ET JE N'AI PAS VRAIMENT RÉUSSI À FAIRE BONNE IMPRESSION.
BOUM CLAP
SPÉCIALITÉS DE GYEONG JU ! PAINS DE GYEONGJU !
SPÉCIALITÉS DE GYONGJU
PAINS DE GYONGJU
CADEAUX SOUVENIRS ! PAINS DE GYEONGJU !
BOUM CLAP
MAIS MAINTENANT QU'ON EST SEULS TOUS LES DEUX EN QUAD...
BOUM CLAP
BOUM CLAP
VROUUUM
LES PAINS DE GYEONGJU SONT LÀ !
C'EST L'OCCASION DE GAGNER DES POINTS AVEC ELLE EN LUI SORTANT UNE BELLE PHRASE D'ACCROCHE... !
TU SAIS, A-LIN...
BOUM CLAP
TU ES COMME UNE "POUSSETTE"...
BOUM CLAP
PARCE QUE TU ME "POUSSES À RETOMBER EN ENFANCE".
TADAM
ACCROCHE RÉUSSIE.

EURK... !
OU PAS...
DÉ... DÉSOLÉ, A-LIN... ! JE NE PENSAIS PAS QUE TU DÉTESTERAIS À CE POINT...
BOUM CLAP
BOUM CLAP
N... NON, C'EST LA MUSIQUE DES HAUT-PARLEURS QUE JE NE SUPPORTE PAS. C'EST TROP FORT... EURK... !
VROUUUM
VRAIMENT ?! JE VAIS VITE PASSER, ALORS !!!
TU TE SENS MIEUX, A-LIN ?
OUI, ÇA VA MIEUX.
ÇA VA ALLER POUR LE SPECTACLE, DEMAIN SOIR ?
LA MUSIQUE DES ENCEINTES RISQUE D'ÊTRE SUPER FORTE...
AH... JE COMPTE M'ÉCLIPSER À CE MOMENT-LÀ.
AH OUI ? TU VAS FAIRE QUOI, ALORS ?
JE NE SAIS PAS... JE VAIS PEUT-ÊTRE ME PROMENER DU CÔTÉ DE L'OBSERVATOIRE.
JE TROUVE ÇA DOMMAGE QU'ON Y AILLE LE MATIN, DEMAIN.
Le soir, on doit sûrement bien voir les étoiles, là-bas.
OH, TU DEVRAIS POUVOIR Y ALLER AVEC TON AMIE DE TOUT À L'HEURE, ALORS.
AH... EN FAIT, AU MOMENT DU SPECTACLE, ELLE...
TAP
TAP
TAP
VOUS ÉTIEZ DÉJÀ LÀ ?

JI... JI-HAN...
QU'EST-CE QUE VOUS FAITES COMME ÇA ?!
...
SUBJUGUÉE
ON A EU UN PETIT ACCIDENT... HA HA...
?!
TU T'APPELLES JI-HAN, C'EST ÇA ?
JE NE L'AURAIS PAS CRU EN TE VOYANT, MAIS TU CONDUIS BIEN CE GENRE D'ENGIN.
VROUUUM
J'AI APPRIS VITE FAIT À EN FAIRE DANS UNE ACADÉMIE DE SPORTS ET LOISIRS, IL Y A QUELQUE TEMPS.
JE VOIS...
SPLASH
SPLASH
SPLASH

SPLAAASH
AH, C'EST FROID ! J'AI DE L'EAU DANS LES YEUX...
NON... SI TU ME LÂCHES, TU RISQUES DE...
BAM
OH... ?!
VIOU
?!
SPLAF
ARGH...
ÇA... ÇA VA ? TU VAS BIEN ?!
DÉSOLÉ... ! J'AURAIS DÛ FAIRE ATTENTION...
HEUREUSE-MENT QUE JE SUIS ARRIVÉ À TEMPS...

TU N'ES PAS BLESSÉE ?
SHHHH
NON...
C'EST CE QU'IL S'EST PASSÉ.
Harlton
Harlton
1ER JOUR DU VOYAGE : ARRIVÉE À L'HÔTEL
APRÈS ÇA, ELLE M'A DIT QU'ELLE N'AVAIT PLUS DE FORCE DANS LES JAMBES, ALORS JE L'AI AIDÉE.
TAP
TAP
AH...

ET C'EST POUR ÇA QUE TU L'AS PORTÉE EN MODE PRINCESSE...
TU ES PLUS AUDACIEUX QUE JE NE LE PENSAIS, JI-HAN.
La porter sur ton dos aurait suffi...
AH... AH OUI ? CE GENRE DE CHOSE NE M'ÉTAIT JAMAIS ARRIVÉ, ALORS...
MERCI POUR L'ASTUCE, MAÎTRE !
CLAC
CE... CE N'EST PAS CE GENRE DE CHOSE, JE TE DIS... HA HA...
OUAH, ILS NE NOUS ONT PEUT-ÊTRE PAS EMMENÉS À JEJU NI À L'ÉTRANGER...
MAIS EN ÉCHANGE, ILS ONT MIS LE PAQUET SUR L'HÔTEL.
ON DIRAIT BIEN, OUI...
LEURS CHAMBRES DEUX PERSONNES SONT SUPER AGRÉABLES.
AAAH... ! JE NE SAIS PAS SI C'EST PARCE QU'ON A VISITÉ TANT DE CHOSES DÈS LE PREMIER JOUR...
MAIS JE CROIS QUE JE POURRAIS M'ENDORMIR TOUT DE SUITE...
HA HA... MAIS ON S'EST QUAND MÊME BIEN AMUSÉS, NON ?
OUI... ÇA DEVRAIT AUSSI ÊTRE LE CAS DEMAIN, PAS VRAI... ?
Aaah...

2ᴱ JOUR DU VOYAGE : VISITE DE L'AIRE HISTORIQUE DE GYEONGJU
AUX ALENTOURS DE L'OBSERVATOIRE, VOUS TROUVEREZ LES TOMBES DES ROIS DE SILLA...
2ᴱ JOUR DU VOYAGE : VISITE DU TEMPLE DE BULGUKSA
CHEESE !
CLIC
2E JOUR DU VOYAGE : VISITE DU VILLAGE TRADITIONNEL
ALORS, ÇA LE FAIT ?
CLIC
CLIC
OUI, TU ES HYPER JOLIE !
HM...
QU'EST-CE QUE TU AS DEPUIS TOUT À L'HEURE ? ÇA NE VA PAS ?
NON, C'EST JUSTE QUE...

J'AI L'IMPRESSION QUE QUELQU'UN N'ARRÊTE PAS DE ME FIXER...
MAIS IL Y A TOUJOURS DES GARS EN TRAIN DE TE FIXER, A-LIN.
PAS FAUX...
...
2E JOUR DU VOYAGE : VISITE DE MUSÉE (2)
MUSÉE DE L'HISTOIRE DU PEUPLE DE SILLA
AAAH... C'ÉTAIT BIEN BARBANT...
J'AVOUE ...
C'EST POUR BIENTÔT, ALORS RESTE PATIENT POUR LE MOMENT, FRÉROT.
POUR INFO, JE ME MONTRE P*TAIN DE PATIENT, TAE-SEOP.
ON VA DEVOIR ATTENDRE JUSQU'À QUAND, AU JUSTE ?
ON ENTRE EN ACTION CE SOIR.
YES !

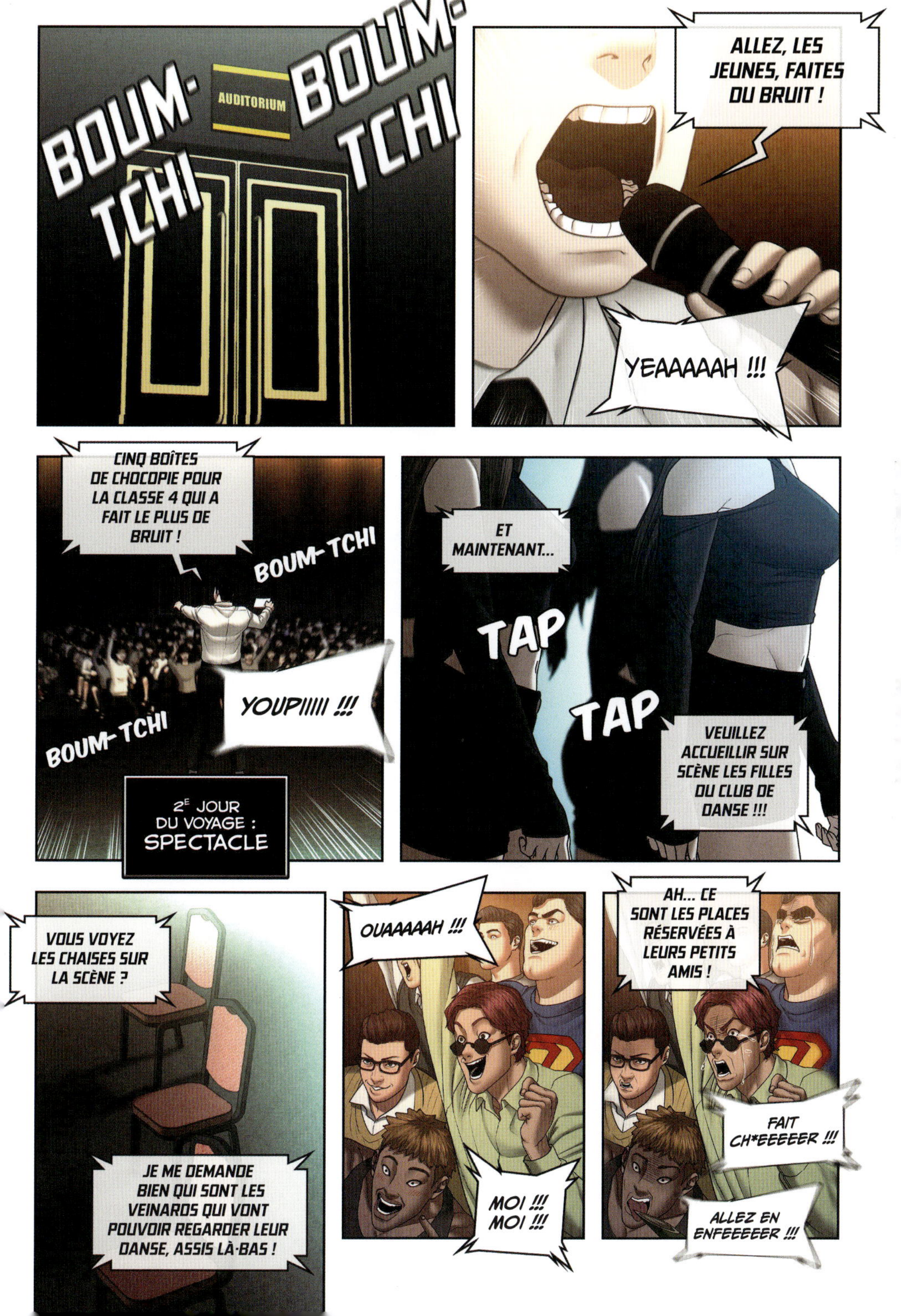
BOUM-TCHI
AUDITORIUM
BOUM-TCHI
ALLEZ, LES JEUNES, FAITES DU BRUIT !
YEAAAAAH !!!
CINQ BOÎTES DE CHOCOPIE POUR LA CLASSE 4 QUI A FAIT LE PLUS DE BRUIT !
BOUM- TCHI
YOUPIIIII !!!
BOUM- TCHI
2E JOUR DU VOYAGE : SPECTACLE
ET MAINTENANT...
TAP
TAP
VEUILLEZ ACCUEILLIR SUR SCÈNE LES FILLES DU CLUB DE DANSE !!!
VOUS VOYEZ LES CHAISES SUR LA SCÈNE ?
JE ME DEMANDE BIEN QUI SONT LES VEINARDS QUI VONT POUVOIR REGARDER LEUR DANSE, ASSIS LÀ-BAS !
OUAAAAAH !!!
MOI !!! MOI !!!
AH... CE SONT LES PLACES RÉSERVÉES À LEURS PETITS AMIS !
FAIT CH*EEEEER !!!
ALLEZ EN ENFEEEEER !!!

MESSIEURS LES PETITS AMIS, VEUILLEZ MONTER SUR SCÈNE, JE VOUS PRIE !
REGARDE-MOI CETTE BANDE DE JALOUX LEUR BALANCER DES INSULTES.
ILS SONT VRAIMENT PATHÉTIQUES... HA HA.
PFFT
PAS VRAI, JI-HAN... ?
HM ?
IL EST PASSÉ OÙ... ?
TOUDOUM
DÉSOLÉE DE T'AVOIR DEMANDÉ UN TRUC PAREIL...
EN FAIT, JE SUIS LA SEULE DU GROUPE... À NE PAS AVOIR DE COPAIN...
?!
Meilleure amie d'A-Lin
Choi Min-Hye
Club de danse

J'AI JUSTE BESOIN DE RESTER ASSIS, C'EST ÇA... ? HA HA...
Je ne savais pas que ça allait être ça...
SÉRIEUUUUUX ?!
LE TRAÎTRE... ! IL PROFITE DU VOYAGE SCOLAIRE TOUT SEUL ?!
MOI AUSSI... ! MOI AUSSI, JE VEUX ME FAIRE DES SOUVENIRS DE JEUNESSE PENDANT...
QUE LA MUSIQUE COMMENCE !
BOUM
BOUM
BOUM
AH, MAINTENANT QUE J'Y PENSE...
BOUM
BOUM
ÇA VA ALLER POUR LE SPECTACLE, DEMAIN SOIR ?
LA MUSIQUE DES ENCEINTES RISQUE D'ÊTRE SUPER FORTE...
AH... JE COMPTE M'ÉCLIPSER À CE MOMENT-LÀ.
AH OUI ? TU VAS FAIRE QUOI, ALORS ?
JE NE SAIS PAS... JE VAIS PEUT-ÊTRE ME PROMENER DU CÔTÉ DE L'OBSERVATOIRE.
ÇA VEUT DIRE QU'A-LIN EST PARTIE TOUTE SEULE LÀ-BAS, ALORS... ?

HUM...
JE CROIS QUE C'ÉTAIT À PEU PRÈS PAR LÀ...
ÇA ME DONNE UN PEU LA CHAIR DE POULE, TOUTES CES TOMBES.
TAP
TAP
JE ME DEMANDE SI CE N'EST PAS DANGEREUX POUR A-LIN D'ÊTRE TOUTE SEULE...
Je devrais peut-être essayer de l'appeler... ?
TAP
TAP
DILING
Donjon événement
Vous êtes entré dans le Cimetière royal.
?!

OUAH, J'AI EU PEUR !!
Donjon événement
Vous êtes entré dans le Cimetière royal.
UN DONJON ÉVÉNEMENT... ?!
MAIS C'EST JUSTE UN CIMETIÈRE, QUASIMENT PERSONNE NE VIENT ICI...
Cimetière royal
Éliminez les ennemis.
OÙ VEUT-IL QU'IL Y AIT DES ENNE... ?
TAP TAP TAP TAP TAP TAP
?
BAM
!!
JE NE M'ATTENDAIS PAS À CE QUE TU SORTES TOUT SEUL...
MAIS TANT MIEUX, COMME ÇA, JE N'AI PAS BESOIN DE T'APPÂTER.
Oh Tae-Seop
Le taré
C'EST... C'EST QUOI, TON PROBLÈME... ?
?!

BAM
OUCH !
TU ÉTUDIES POUR DEVENIR AGENT IMMOBILIER, OU QUOI ?
TU AS SACRÉMENT BIEN CHOISI TON ENDROIT POUR CREVER, HA HA HA.
Oh Hyo-Seop Le petit taré
ARGH... ! VOUS ÊTES QUI...
POUR M'ATTAQUER COMME ÇA, SANS RAISON... ?!
ÇA, TU N'AS PAS BESOIN DE LE SAVOIR.
LAISSE-NOUS VITE PRENDRE TES BRAS.
SI TU VEUX, ON PEUT MÊME TE PRENDRE UN PIED, HA HA.
ZIEUTE
ZIEUTE
?
FIOU... ÇA VA...
QU'EST-CE QUI TE SOULAGE AUTANT ?
COMME LE DONJON EST SOUDAINEMENT APPARU ALORS QU'ON EST DANS UN CIMETIÈRE, J'AI EU PEUR QUE DES ZOMBIES SORTENT EN RAMPANT.

LE FAIT QUE VOUS NE SOYEZ QUE DEUX.
BIM
?!
Coup perçant
PAF
SI C'EST UN "DONJON ÉVÉNEMENT", ÇA VEUT SÛREMENT DIRE QUE C'EST DU BONUS, NON ?
C'EST VRAI, SAVOIR QUI SONT CES TYPES N'A PAS D'IMPORTANCE, POUR L'INSTANT...
OU DEVRAIS-JE PLUTÔT DIRE...
JE VAIS VITE RÉCUPÉRER LA RÉCOMPENSE...
QUE TU SOIS TOUT SEUL, MAINTENANT ?
ET REJOINDRE A-LIN !

REALITY QUEST

CHAPITRE 39

"LES FRÈRES TARÉS".
UN...
SERRE
C'EST LE SURNOM QUE LEUR ONT DONNÉ...
LES PERSONNES QUI ONT VU LA BARBARIE DONT ILS FONT PREUVE...
DEUX...
AAARGH !!!
LORSQU'ILS S'OCCUPENT DES DEMANDES DE L'AGENCE DE RENSEIGNEMENT.
TROIS.
QUI SE TROUVE EN FACE N'A PAS D'IMPORTANCE.
CRAC
OUIIIN !
PUISQU'ILS N'ONT AUCUN ÉTAT D'ÂME.

P... PÈRE... CHÉRIE... ?!
EN... ENF*IRÉS !!!
QU'EST-CE QUI VOUS PREND DE DÉBARQUER COMME ÇA CHEZ MOI... ?!
QUI EST LE FUMIER QUI VOUS A ENVOYÉS ?!
LA FORCE DE LEUR ADVERSAIRE AUSSI LEUR IMPORTE PEU.
JE VAIS VOUS TUER, FILS DE P*TE !!
PARCE QUE LORSQU'ILS SONT ENSEMBLE...
BEURK, ÇA PUE LA M*RDE, ICI.
ELLE EST OÙ, LA PROCHAINE CIBLE, HYO-SEOP ?
RIEN NE PEUT LES ARRÊTER.

HUM...
"CIMETIÈRE ROYAL"... CE DONJON A UN NOM QUI EN IMPOSE, MAIS FINALEMENT...
Cimetière royal
Éliminez les ennemis.
CE N'EST PAS GRAND-CHOSE.
FRÉROT...
FRÉROT ?
MAINTENANT QUE TU LE DIS...
C'EST VRAI QUE VOUS AVEZ LA MÊME TÊTE.
VOUS ÊTES JUMEAUX ?
...

JE NE SAIS PAS POURQUOI VOUS FAITES CE GENRE DE CHOSES ENTRE FRÈRES...
TAP
TAP
TAP
BIM
MAIS JE DOIS ALLER RETROUVER QUELQU'UN, TU VOIS.
VA VITE REJOINDRE TON FRÈRE PAR TERRE.
J'AI ENCORE DE MEILLEURS COUPS EN STOCK.
Attaque fracassante
PLUTÔT PAS MAL...
TON COUP DE POING.
SERRE
AH OUI ?

PAF
TU N'AS PAS LES YEUX EN FACE DES TROUS OU QUOI ?
OÙ TU AS VU QU'ON AVAIT LA MÊME TÊTE ?
BAM
BAM
BAM
JE SUIS BEAUCOUP PLUS BEAU QUE MON FRÈRE, ENF*IRÉ !
FRANCHEMENT, JE SUIS OUTRÉ, HA HA.
IL EST DÉJÀ DEBOUT... ?!
SWOOSH
DANS CE CAS, J'AI JUSTE À...

PAF
ARGH !
ARRÊTE DE DIRE DES ÂNERIES ET CONCENTRE-TOI, FRÉROT.
PLUTÔT QUE DE T'EN REPRENDRE UNE EN TE LAISSANT DISTRAIRE...
QUOI ?! MAIS C'ÉTAIT STRATÉGIQUE QUAND JE L'AI LAISSÉ ME FRAPPER !
Tu n'as pas vu que mon attaque surprise avait marché ?!
PAR CONTRE, J'AVOUE QUE ÇA FAIT UN MAL DE CHIEN.
J'AI CRU QU'IL M'AVAIT FAIT SAUTER UNE DENT, HA HA.
MAIS BON, CE N'EST PAS GRAVE. PARCE QUE BIENTÔT...
LA DOULEUR DE CET ENF*IRÉ SERA BIEN PIRE, HA HA.
TAIS-TOI, FRÉROT.
ON Y RETOURNE.
TAP
YES !
TAP TAP TAP TAP
JE PASSE DEVANT, CETTE FOIS !

PAF
OUCH !
Triple Coup perçant
BIM
C'ÉTAIT AUSSI STRATÉGIQUE DE TE FAIRE FRAPPER, LÀ ?
ARGH... !
ENCORE PAR-DERRIÈRE... !
NON MAIS JE TE DIS, CE TYPE A UN SACRÉ COUP DE POING !
TIENS, C'EST POUR AVOIR ABÎMÉ MON JOLI VISAGE, P*TAIN !
BAM
BAM
BAM
C'EST DIFFÉRENT.
JUSQU'ICI, LES GROUPES QUE J'AI AFFRONTÉS...
N'ÉTAIENT QU'UNE BANDE DE GARS DÉSORGANISÉS...
QUI AGISSAIENT CHACUN DE LEUR CÔTÉ.

ALORS QU'À L'INVERSE, CES TYPES S'ACCORDENT PARFAITEMENT.
PAF
ILS ONT L'HABITUDE DE SE BATTRE ENSEMBLE !
TAC
!
DÈS QUEJ'ESSAIE D'ATTAQUER CELUI EN FACE DE MOI...
DAM
OUCH !
TU CROIS QUOI, LÀ ? HA HA !
CELUI QUI EST HORS DE MON CHAMP DE VISION M'ATTAQUE PAR-DERRIÈRE.
TAP
SPLAAAF
L'ENCHAÎNEMENT EST SIMPLE, MAIS LE RYTHME EST TROP RAPIDE.
HUFF
HUFF
JE N'ARRIVE PAS À LES ATTAQUER COR-RECTEMENT... !
HÉ, JE VIENS DE TE SAUVER, GRAND FRÈRE.
EXAGÈRE PAS NON PLUS.

JE M'ATTENDAIS À MIEUX, DO-WAN... TU ME DÉÇOIS.
HA... !
MAIS C'EST PAREIL POUR EUX AUSSI.
COMPARÉS À UN MONSTRE COMME SEOK-YEONG...
COMMENT TU PEUX PARLER D'ÊTRE DÉÇU...
ALORS QUE VOUS AGISSEZ COMME DES LÂCHES EN M'ATTAQUANT À PLUSIEURS, ET PAR-DERRIÈRE, QUI PLUS EST... ?
ILS NE SONT PAS SI FORTS QUE ÇA, INDIVIDUELLEMENT.
EN FIN DE COMPTE...
VOUS N'AVEZ DONC AUCUNE HONTE ?!
TAP
POUR GAGNER, IL FAUT FRAPPER FORT EN PREMIER.
HA HA, ON A FAIT ÇA, TAE-SEOP ?
TAP
TAP
C'EST JUSTE UNE EXCUSE DE LA PART D'UN PERDANT.
COMMENÇONS PAR LE PETIT FRÈRE QUI ME TAPE SUR LES NERFS !
OH ?!
DÈS QUE J'ESSAIE D'ATTAQUER CELUI EN FACE DE MOI...
Coup perçant
CELUI QUI EST HORS DE MON CHAMP DE VISION...

SWOOSH
HEIN ?!
M'ATTAQUE PAR-DERRIÈRE.
TAC
TU CROIS QUE PERSONNE N'Y AVAIT PENSÉ AVANT TOI ?
!!
TCHAC
Stun Smash
FRÉROT, VAS-Y. ACHÈVE...
MAIS EN FIN DE COMPTE...
POUR GAGNER, IL FAUT FRAPPER FORT EN PREMIER.

TCHAC
OOH !
?!

BIM
MAIS IL Y A UNE POIGNÉE SUR TES VÊTEMENTS ?!

FWIP
ARGH... !
SPLAF

BON, JE PENSE QU'ON A FINI.
IL FAUT QU'ON PASSE À LA CIBLE SUIVANTE.

ON FERAIT MIEUX D'EMPORTER SES BRAS.
?!

JE L'AVAIS DIT, ENF*IRÉ.
QUE TA DOULEUR SERAIT BIEN PIRE, HA HA.
TROIS.
UN...
DEUX...
?
SERRE
AAARGH... !
GRRR
PEU IMPORTE LES BASSESSES QUE VOUS ME FEREZ...

CELUI QUI FRAPPERA FORT...
C'EST MOI, ENF*IRÉS !!

Stun
Slam
BANG

QUEL GENRE DE PERSONNE ESSAIE D'EMPORTER LES BRAS DE QUELQU'UN D'AUTRE ... ?
POUF
VOUS AVEZ VRAIMENT FAILLI ME LES CASSER...
BANDE DE TARÉS... !
HUFF
HUFF
ARGH...
GRAND FRÈRE...
HEIN ? MAIS C'EST TOI LE GRAND FRÈRE.
VU COMMENT TU N'ARRIVES PAS À REPRENDRE TES ESPRITS...
JE N'AI PAS DÛ TE LOUPER, CETTE F...
HM ?
LÀ-BAS, SUR LA TOMBE...
?!
C'EST UNE MOTO... ?
QUEL GENRE DE TIMBRÉ LAISSERAIT SA MOTO DANS... ?
NON, LA VRAIE QUESTION EST PLUTÔT DE SAVOIR DEPUIS QUAND ELLE EST LÀ.
AAARGH... CE N'EST PAS POSSIBLE D'AVOIR AUTANT DE FORCE DANS CETTE POSITION...

SI TU M'AVAIS FRAPPÉ CORRECTEMENT, TU M'AURAIS ÉCLATÉ, P*TAIN...
Je crois que j'ai du sang qui coule...
OUAH... TU N'ES TOUJOURS PAS K.-O. ?
IL VA VRAIMENT FALLOIR QUE JE T'ÉCLATE, CETTE F...
CHOPE
?
TU AVAIS DIT QUE TU ARRIVERAIS PLUS TÔT...
COMMENT ÇA SE FAIT QUE TU NE TE POINTES QUE MAINTENANT... ?
HA HA... TU SAIS À QUEL POINT J'AI ATTENDU AVEC IMPATIENCE QUE TU ARRIVES... ?
Oh Tae-Seop
Le taré
Oh Hyo-Seop
Le petit taré
LORSQUE LES FRÈRES SONT ENSEMBLE...
RIEN NE PEUT LES ARRÊTER.

GRAND FRÈRE, ON NE PEUT PAS FAIRE ÇA LÀ ?
CE TYPE, DO-WAN…
J'AI ENVIE DE ME BATTRE AVEC LUI TOUT DE SUITE, HA HA.
CE N'EST PAS ENCORE L'HEURE.
SOIS PATIENT.
C'EST POUR BIENTÔT, MAINTENANT, ALORS SOIS PATIENT, FRÉROT.
POUR INFO, JE ME MONTRE P*TAIN DE PATIENT, TAE-SEOP.
ON VA DEVOIR ATTENDRE JUSQU'À QUAND, AU JUSTE ?
…
ON ENTRE EN ACTION CE SOIR.
T'es où
J'arriverai avant la tombée de la nuit.

LES GENS LES SURNOMMENT...
BAH, J'AI FAILLI ME FAIRE RACKETTER PAR UNE BANDE DE RACAILLES EN VENANT...
ALORS J'AI PRIS UN PEU DE RETARD EN LEUR DONNANT UNE PETITE LEÇON...
MAIS JE NE M'ATTENDAIS PAS À CE QUE VOUS GALÉRIEZ À CE POINT, TOUS LES DEUX.
"LES FRÈRES TARÉS"...
DANS CE CAS...
OU...
ON VA CONTINUER AVEC L'ÉQUIPE AU COMPLET.
Oh Gwang-Seop
Le grand taré
"LES TROIS FRÈRES TARÉS", PLUS EXACTEMENT.

REALITY QUEST

REALITY QUEST

CHAPITRE 40

BOUM
BOUM
BOUM
BOUM
BOUM
BOUM
OUAAAAAH !!!

BOUM
BOUM
JE NE SAIS PAS SI C'EST À CAUSE DE LA DANSE, MAIS...
BOUM
BOUM
J'AI TROP CHAUD.
BOUM
ELLE EST TROP PRÈS.
BOUM
MON CŒUR...
BOUM
MON CŒUR VA EXPLOSER !!!

BAH, J'AI FAILLI ME FAIRE RACKETTER PAR UNE BANDE DE RACAILLES EN VENANT…
ALORS J'AI PRIS UN PEU DE RETARD EN LEUR DONNANT UNE PETITE LEÇON…
MAIS JE NE M'ATTENDAIS PAS À CE QUE VOUS GALÉRIEZ À CE POINT, TOUS LES DEUX.
DANS CE CAS…
MES YEUX ME JOUENT DES TOURS OU QUOI… ?
ON VA CONTINUER AVEC L'ÉQUIPE AU COMPLET.
POURQUOI CE TYPE…
TE FAIRE RACKETTER ? C'EST ÇA, OUAIS ! C'EST ÉVIDENT QUE TU AS JUSTE GLANDÉ DANS UN COIN, HA HA.
JE SUIS CREVÉ, J'AI FAIT TOUT LE TRAJET DE SÉOUL JUSQU'À GYEONGJU À MOTO…
TU NE PENSES PAS QUE TU DEVRAIS FERMER LES YEUX SUR MA PETITE PAUSE, FRÉROT ?
CE TYPE…
SI TU ES L'AÎNÉ, AGIS UN PEU COMME TEL. TU ES SÉRIEUX D'ARRIVER EN RETARD JUSTE POUR UN TRUC PAREIL ?
QUOI, TU ME MÉPRISES PARCE QUE J'AI ARRÊTÉ MES ÉTUDES APRÈS LE COLLÈGE ?
TU ME BRISES LE CŒUR, LÀ..
ET CE TYPE…

OUAH… TU Y ES ALLÉ UN PEU FORT LÀ, TAE-SEOP.
CE N'EST PAS CE QUE JE VOULAIS DIRE… !
ONT TOUS LA MÊME TÊTE ?!
EUH… VOUS N'ARRÊTEZ PAS DE VOUS REPRODUIRE DANS LE COIN OU QUOI ?
HEIN ?
ON EST DES TRIPL…
BIM
ENFIN, CE N'EST PAS LE PLUS IMPORTANT POUR L'INSTANT.
JE COMMENÇAIS À PEINE À M'HABITUER À ME BATTRE CONTRE LES DEUX EN MÊME TEMPS…
ARGH…
GWANG-SEOP !
ET MAINTENANT, VOILÀ QU'ILS SONT TROIS.
OUAH… ! SI JE NE L'AVAIS PAS BLOQUÉ, MES DENTS DE DEVANT AURAIENT SAUTÉ.
FFT
TU ES PLUTÔT DU GENRE PRESSÉ, À CE QUE JE VOIS.
TAP
TU NE VAS PAS VIVRE LONGTEMPS, TOI.

ALLONS-Y, FRÉROTS.
WOOSH
COMME JE M'Y ATTENDAIS, ILS ARRIVENT ENCORE PAR-DERRIÈRE...
TAP TAP TAP TAP
?!
HEIN ?
MAIS IL S'ENFUIT, LÀ... !
IL A VITE COMPRIS QU'IL ÉTAIT FOUTU, HA HA.
HYO-SEOP, FAIS LE TOUR DE LA TOMBE PAR LA GAUCHE.
JE VAIS PASSER PAR LA DROITE.
OK !
SI J'ÉTAIS TOUT SEUL, JE NE SAIS PAS...
TAP TAP TAP TAP
MAIS À NOUS TROIS, TU NE PEUX PAS NOUS ÉCHAPPER.
QUOI, TU MARMONNES TOUT SEUL, LÀ ?
WOOSH
... !

TU DOIS TE SENTIR SEUL DÈS QUE TU T'ÉLOIGNES UN PEU DE TES FRÈRES, À CE QUE JE VOIS.
BAM BAM BAM
IL NE S'EST PAS ENFUI...
BAM BAM
ARGH... !
MAIS IL A FAIT ÇA POUR NOUS DISPERSER... ?
IL A FAIT ÇA POUR RIEN.
?!
PAF
Coup perçant
OUCH... ?!
JE ME SUIS À PEU PRÈS HABITUÉ AUX ATTAQUES PAR-DERRIÈRE.
AH OUI ?
?

ET LES ATTAQUES PAR-DESSUS, ALORS ?
TAP
?!
BAM
SPLAAAAF
ARGH... !
IL EST PASSÉ PAR-DESSUS LA TOMBE... ?!
IMPRES-SIONNANT. TU AS RÉUSSI À CONTRE-ATTAQUER...
ALORS QUE TU AVAIS AUSSI MES DEUX PETITS FRÈRES SUR LES BRAS... ?
KOF... ! KOF... ! ARGH, JE ME SUIS MORDU LA LANGUE !
JE NE VAIS PAS MOURIR D'UNE HÉMOR-RAGIE QUAND MÊME... ?!
ARRÊTE D'EXAGÉRER, C'EST PAREIL POUR MOI.
BRR
BRR
LA RUMEUR SELON LAQUELLE IL AURAIT BATTU SEOK-YEONG SERAIT DONC FONDÉE... ?

GWANG-SEOP, J'AI OUBLIÉ DE TE PRÉVENIR, MAIS FAIS ATTENTION À CE QU'IL NE TE CHOPE PAS.
JE SAIS, JE L'AI VU JOUER DES CYMBALES AVEC VOS TÊTES.
QUOI... ? ET TU L'AS JUSTE REGARDÉ FAIRE... ?!
VOUS NE SERIEZ PAS MORTS POUR SI PEU.
ET GRÂCE À ÇA, MAINTENANT JE SAIS QUE POUR S'OCCUPER DE CE TYPE...
ON DOIT FAIRE LES CHOSES À NOTRE FAÇON.
TAP
TAP
BAM
C'EST QUOI, CE DÉLIRE ?
BAM
LE GARS QUI VIENT D'ARRIVER N'EST PAS PARTICULIÈREMENT FORT, COMPARÉ AUX DEUX PRÉCÉDENTS.
ET VLAN !
PAF
ET LES DEUX QUI ÉTAIENT DÉJÀ LÀ ONT DÛ SUBIR D'IMPORTANTS DÉGÂTS.
SERRE
ALORS POURQUOI DEVIENNENT-ILS DE PLUS EN PLUS RAPIDES...
BIM
ET DE PLUS EN PLUS FORTS... ?!

*NDT : RACE DE CHIEN DE CHASSE CORÉEN.

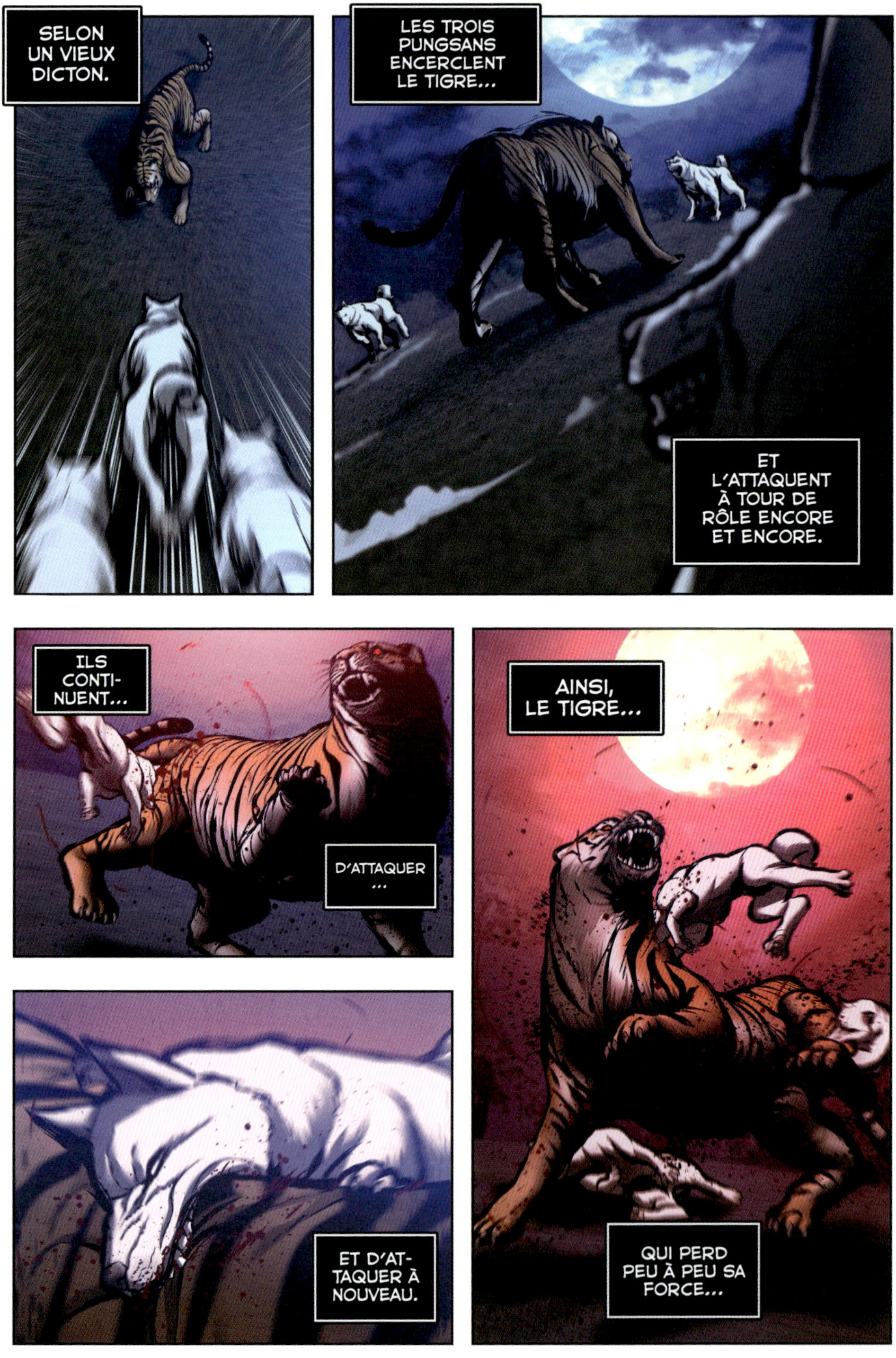
SELON UN VIEUX DICTON.
LES TROIS PUNGSANS ENCERCLENT LE TIGRE...
ET L'ATTAQUENT À TOUR DE RÔLE ENCORE ET ENCORE.
ILS CONTI-NUENT...
D'ATTAQUER ...
ET D'AT-TAQUER À NOUVEAU.
AINSI, LE TIGRE...
QUI PERD PEU À PEU SA FORCE...

QUI PERD PEU À PEU SA FORCE...
DOUM
C'EST LOGIQUE.
COMME TU TE BATS TOUT SEUL CONTRE NOUS TROIS...
HUFF
HUFF
TU DÉPENSES BEAUCOUP PLUS D'ÉNERGIE QUE NOUS.
À CÔTÉ DE TOI, ON N'EST PEUT-ÊTRE PAS EXCEPTIONNELLEMENT FORTS, INDIVIDUEL-LEMENT...
MAIS QUAND ON COMBINE NOS FORCES, ON EST CAPABLES DE TUER UN TIGRE.
C'EST COMME ÇA QU'ON PROCÈDE, TOUS LES TROIS.
EN FIN DE COMPTE, SI TU PERDS, C'EST PARCE QUE TU ES TOUT SEUL.
HUFF
HUFF
JE N'AI PAS L'IMPRES-SION...
QUE CE SOIT LE GENRE DE CHOSE QUE DIRAIT UN P*TAIN DE MÉCHANT...
SÉRIEUX ? POURQUOI ÇA SERAIT NOUS, LES MÉCHANTS ?!
TAP
TAP
ON DEVRAIT PASSER À LA CIBLE SUIVANTE AVANT QU'IL NE SOIT ENCORE PLUS TARD, GWANG-SEOP.

TU AS RAISON. REPOSEZ-VOUS UN PEU, JE VAIS FINIR LE BOULOT.
HÉ, VOUS SAVEZ...
MOI NON PLUS, JE NE SUIS PAS SEUL.
HM ?
SHHH
À PART TOI, QUI D'AUTRE EST... ?
STYLE ACADÉMIQUE
TCHAC
OKURI-ASHI-BARAI
JUDO
SPLAF
?!

C'ÉTAIT QUOI, ÇA... ?!
... !
TU... TU PENSES QUE JE L'AI FRAPPÉ TROP FORT... ? ÇA VA, DO-WAN ?
CE SONT DE MAUVAISES PERSONNES, N'EST-CE PAS... ?
OUI, CONTENT QUE TU M'AIES TROUVÉ, JI-HAN.
TAE-SEOP, CE GARS...
OUI, C'EST YU JI-HAN, LA CIBLE SUIVANTE.
COMMENT EST-CE QU'IL... ?
ALLONS-Y, FRÉROTS.
WOOSH
TAP TAP TAP TAP
?!
HEIN ?
MAIS IL S'ENFUIT, LÀ... !
IL A VITE COMPRIS QU'IL ÉTAIT FOUTU, HA HA.

TAP TAP TAP TAP
AAAH, VITE... VITE...
J'AI LE SENTIMENT QUE...
SI JE ME BATS SEUL CETTE FOIS, JE VAIS ME FAIRE DÉFONCER.
TAC
PITIÉ... !
Observatoire de Gyeongju
Pink Muhly Grass
Tombes royales
Partager ma position
Inwang-dong, Gyeongju, Gyeongsang du Nord, XXXXX
À l'aide
JE T'EN PRIE, VIENS VITE, JI-HAN !!!
DÉSOLÉ DE T'AVOIR ENTRAÎNÉ LÀ-DEDANS... !
T'INQUIÈTE, MAIS POURQUOI VOUS VOUS BATTEZ DANS UN ENDROIT PAREIL... ?
JE T'EXPLIQUERAI PLUS TARD.
Moi non plus, je ne sais pas encore ce qu'il se passe exactement...
IL FAUT JUSTE AFFRONTER CES GENS, C'EST ÇA... ?
OUI, C'EST ÇA !

TAP
CE SONT VRAIMENT DES SALES TYPES, ALORS NE T'INQUIÈTE PAS ET DÉFONCE-LES !
D'A... D'ACCORD !
FRÉROT, OCCUPE-TOI DE JI-HAN.
L'ENF*IRÉ... IL OSE ATTAQUER GWANG-SEOP PAR-DERRIÈRE... ?!
CRÈVE, ESPÈCE DE LÂCHE !
SWOOSH
TCHAC
DÉ... DÉSOLÉ...
?
TAC
STYLE ACADÉMIQUE
ÇA VA FAIRE UN PEU MAL... !
BAM
ONE INCH PUNCH
JEET KUNE DO

J'Y... J'Y SUIS ALLÉ TROP FORT... ?
POUF
IL AVAIT L'AIR D'ÊTRE DÉJÀ BIEN BLESSÉ, EN PLUS...
TAP
TAP
TAP
TAP
BANG
ÇA VA ALLER, TOUT SEUL ?
JE NE PENSE PAS QUE TU SOIS TOI-MÊME DANS UN TRÈS BON ÉTAT...
TU PEUX VRAIMENT TE PERMETTRE DE T'INQUIÉTER POUR MOI ?
JE NE PARLAIS PAS DE TOI...

MAIS DE TON GRAND FRÈRE QUI VA VOIR SES CADETS PARTIR...
Compétence du larbin
ET SE RETROUVER TOUT SEUL.
BAM
BAM
BAM
BAM
BAM
Attaque fracassante
TAC
TCHAC
CRAC

BAM
FIOU... J'Y SUIS ALLÉ TROP FORT... ?
ÇA FAIT UN BIEN FOU !
POUF
ARGH... QUI EST L'ENF*IRÉ QUI M'A... ?
TOI LÀ-BAS, TU VAS D'ABORD DEVOIR RÉPONDRE À NOS QUESTIONS.
QUI VOUS A ENVOYÉS ?
TOUT À L'HEURE, VOUS AVEZ PARLÉ DE "CIBLE" OU JE NE SAIS QUOI...
?
?!

C'EST LÀ-BAS ? L'ENDROIT OÙ SE TROUVE LE TYPE QUI S'EN EST PRIS À NOS CADETS.
OUI ! C'EST LA MÊME MOTO QUE SUR LA PHOTO QU'ILS NOUS ONT ENVOYÉE.
LE TARÉ, IL L'A GARÉE LÀ-BAS ?!
IL NOUS ATTAQUE DANS NOTRE QUARTIER SANS CRIER GARE...
ET NOUS TROLLE DANS UN ENDROIT PAREIL...
SI ÇA SE TROUVE, IL ESSAIE DE NOUS APPÂTER.
C'EST POSSIBLE QU'ILS SOIENT UNE FLOPÉE À NOUS ATTENDRE EN EMBUSCADE.
MAIS BON, ÇA N'A PAS D'IMPOR-TANCE.
COMME ÇA FAISAIT UN MOMENT QU'ON N'AVAIT PAS EU D'ACCROCHAGE, ON S'ENNUYAIT. ÇA TOMBE BIEN.
TAP
NOTRE INVITÉ A FAIT UN LONG CHEMIN POUR VENIR JUSQUE CHEZ NOUS...
TAP

Monstres à l' approche...
Lycée numéro un de Silla.
ALLONS L'ACCUEILLIR BIEN CHALEU-REUSEMENT.

REALITY
QUEST

REALITY QUEST

CHAPITRE 41

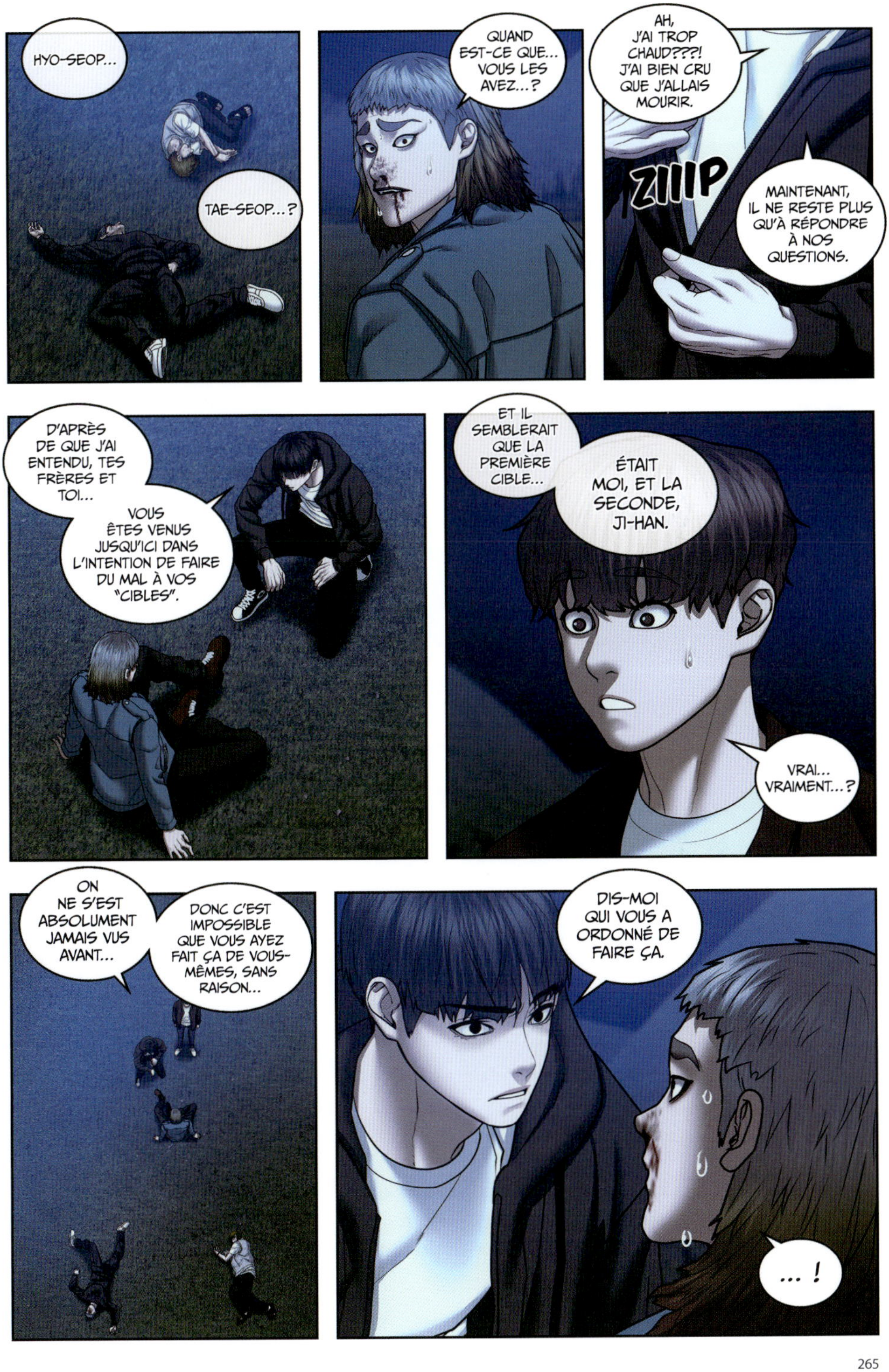
HYO-SEOP...
TAE-SEOP...?
QUAND EST-CE QUE... VOUS LES AVEZ...?
AH, J'AI TROP CHAUD???! J'AI BIEN CRU QUE J'ALLAIS MOURIR.
ZIIIP
MAINTENANT, IL NE RESTE PLUS QU'À RÉPONDRE À NOS QUESTIONS.
D'APRÈS DE QUE J'AI ENTENDU, TES FRÈRES ET TOI...
VOUS ÊTES VENUS JUSQU'ICI DANS L'INTENTION DE FAIRE DU MAL À VOS "CIBLES".
ET IL SEMBLERAIT QUE LA PREMIÈRE CIBLE...
ÉTAIT MOI, ET LA SECONDE, JI-HAN.
VRAI... VRAIMENT...?
ON NE S'EST ABSOLUMENT JAMAIS VUS AVANT...
DONC C'EST IMPOSSIBLE QUE VOUS AYEZ FAIT ÇA DE VOUS-MÊMES, SANS RAISON...
DIS-MOI QUI VOUS A ORDONNÉ DE FAIRE ÇA.
... !

BREF ! NE VOUS INQUIÉTEZ DE RIEN…
ET FAITES-NOUS CONFIANCE, MONSIEUR.
ATTENDS, ET SI JAMAIS LES GARS ENVOYÉS SE FONT RÉTAMER ?
TU COMPTES FAIRE QUOI S'ILS AVOUENT QUE C'EST MOI QUI LES AI POUSSÉS À FAIRE ÇA ?
JE NE PENSE PAS QUE ÇA ARRIVERA…
PARCE QUE CES GARS SONT DES EXPERTS EN COMBAT À PLUSIEURS CONTRE UN…
MAIS MÊME SI ÇA VENAIT À SE PRODUIRE, ILS NE CRACHERONT JAMAIS LE MORCEAU.
TOLLYS COFFEE
TSS, FACILE À DIRE.
C'EST NORMAL DE L'OUVRIR QUAND ON SE FAIT TABASSER.
VOYEZ-VOUS, CES GARS SAVENT PARFAITE-MENT…
DRRR
QUE S'ILS TRAHISSENT LA CONFIANCE DU CLIENT… NON, DE L'ORGANISATION…
ILS MOURRONT POUR DE VRAI.
?!

...
PARCE QUE NOTRE CHEF EST VRAIMENT UNE PERSONNE TRÈS EFFRAYANTE...
Ha ha ha...
À VRAI DIRE, SI CES INFORMATIONS FUITENT...
C'EST NOUS QUI AURONS DES PROBLÈMES.
JE NE VOIS PAS DU TOUT DE QUOI TU PARLES...
JE N'AI AUCUNE INTENTION DE DIRE LA VÉRITÉ À CE TYPE.
ON S'EN EST JUSTE PRIS À VOUS PARCE QU'ON PENSAIT QUE ÇA SERAIT MARRANT.
?!
BIEN SÛR, JE N'AI PAS NON PLUS L'INTENTION DE LAISSER TOMBER LA MISSION.
DEUX COUPS DE COUTEAU DANS LES JAMBES SUFFIRAIENT À LE NEUTRALISER.
AAH...
SI TU COMPTES DONNER UNE JUSTIFICATION, TU POURRAIS FAIRE DE TON MIEUX AU MOINS.
MAIS LE PROBLÈME, C'EST LE TYPE QUI EST SORTI DE NULLE PART.
Oh hisse !
ENFIN, DANS TOUS LES CAS, JE VAIS DEVOIR TE TABASSER POUR L'ENTENDRE...
JE DOIS ATTAQUER À UN MOMENT OÙ IL NE POURRA PAS CONTRE-ATTAQUER.

ET IL VA FALLOIR QUE JE M'OCCUPE DES DEUX À LA SUI...
CHANCELLE
OH... ?
ÇA VA... ?! TU ES BEAUCOUP BLESSÉ ?
HEIN ? NON, PAS TANT QUE ÇA POURTANT...
QU'EST-CE QU'IL M'ARRIVE ?
J'AI ENCORE DES HP EN RÉSERVE.
HP actuels
6420 / 11500
JE NE DEVRAIS PAS CHANCELER COMME ÇA...
POURQUOI JE SUIS AUSSI LESSIVÉ... ?
AH...
EST-CE QUE "L'ENDURANCE" SERAIT UN ÉLÉMENT À PART, COMME DANS LES JEUX ?
SI ON Y RÉFLÉCHIT, QUAND ON COURT DANS LES JEUX VIDÉO...
ÇA NE CONSOMME PAS DE HP DU PERSONNAGE...
QUAND ON PENSE AU MOMENT OÙ J'AI AFFRONTÉ LES TROIS FRÈRES TOUT SEUL, ÇA NE SERAIT PAS ÉTONNANT QUE CE SOIT LE CAS.
TU ES SÛR QUE ÇA VA... ? TU DIS DES TRUCS BIZARRES...
HEIN ?
C'EST LE MOMENT.
SSK
JE VAIS LES ACHEVER EN UN CLIN D'ŒIL.
WOOSH

S'ARRÊTE
C'EST CE TYPE-LÀ ?
?!
ON DIRAIT BIEN, ILS ONT DIT QU'IL PORTAIT UNE VESTE DE MOTARD BLEUE.
POURQUOI VOUS VOUS BATTEZ, EN FAIT ?
TAP
TAP
IL Y A DES DISSEN-SIONS ?
C'EST QUI ENCORE... CES MECS ?
NE ME DIS PAS QUE...
DILING
Armée de monstres
Lycée numéro un de Silla.
?!
TOUS CES TYPES SONT LES MONSTRES DU DONJON ?!

JE PENSAIS QUE ÇA SERAIT LA FIN AVEC LES TROIS FRÈRES...
JE CROIS... QU'ILS NE SONT PAS DE TRÈS BONNE HUMEUR.
MAIS CE N'ÉTAIT RIEN À CÔTÉ DE TOUS CES TYPES... !
JE SUIS VENU APRÈS AVOIR ENTENDU DIRE...
QU'IL Y AVAIT EU UN ACCROCHAGE ENTRE LE GARS EN BLEU ET NOS CADETS...
TAP
MAIS LA SITUATION EST UN PEU CONFUSE, ON DIRAIT.
VOUS N'ÊTES PAS CENSÉS ÊTRE DU MÊME CÔTÉ ?
QUOI ?! AUCUNE CHANCE QUE JE SOIS DU MÊME CÔTÉ QUE CES...
PEU IMPORTE, JE M'EN FOUS.
?
QU'EST-CE QU'IL RACONTE... ?
LE PROBLÈME, C'EST QUE VOUS VENEZ ENVAHIR NOTRE TERRITOIRE COMME BON VOUS SEMBLE.
NON, ON EST JUSTE VENUS EN VOYAGE SCO...
EN FAIT, ÇA AUSSI, JE M'EN FOUS.
QUE CE SOIT L'HISTOIRE AVEC NOS CADETS OU LE FAIT QUE VOUS SOYEZ SUR NOTRE TERRITOIRE, TOUT ÇA, CE NE SONT QUE DES EXCUSES.
POUR TOUT VOUS DIRE...

GYEONGJU A ÉTÉ TROP PAISIBLE PENDANT QUELQUE TEMPS...
TAP
TAP
TAP
ALORS TOUT LE MONDE S'ENNUYAIT À MOURIR.
PAF
C'EST QUOI CES TYPES QUI SONT ÉTALÉS AVANT MÊME DE COMMENCER ?!
OH ! REGARDE UN PEU LEUR TÊTE.
PAF
PAF
ILS ONT EXACTEMENT LA MÊME QUE CELUI AVEC LA VESTE BLEUE.
...
ILS ONT DÛ ÊTRE FABRIQUÉS DANS LA MÊME USINE, HA HA.
TAP
LÂCHEZ-LES, ENF*IRÉS !!
TAP

SWOOSH
EH... !
IL A UN COUTEAU !
N'APPROCHEZ PAS OU JE VOUS PLANTE.
SI VOUS NE VOULEZ PAS FINIR ESTROPIÉS...
SI ON NE VEUT PAS, ALORS QUOI ?
CHOPE
ARGH... !
TU AS L'AIR DE BEAUCOUP TENIR À TES FRÈRES.
JE CROYAIS QUE LES FRÈRES NE S'ENTENDAIENT PAS, EN GÉNÉRAL.
QU'EST-CE QUE ÇA PEUT TE F... ?
SBLAF
RIEN, ÉVIDEMMENT.

JE N'EN AI RIEN À FOUTRE.
SBLAF
SBLAF
DANS TOUS LES CAS, JE M'EN FOUS.
PARCE QUE TOUT CE QU'ON VEUT...
C'EST JOUER AVEC VOUS TOUTE LA NUIT.
ILS Y VONT TROP FORT LÀ...
TAC
NE T'EN OCCUPE PAS, ILS RÉCOLTENT JUSTE CE QU'ILS ONT SEMÉ.
ET PUIS, POUR L'INSTANT...
JE PENSE QU'ON DE-VRAIT PLUTÔT S'INQUIÉTER POUR NOUS.
?!
MAINTENANT QUE JE SUIS DANS LE DONJON, JE NE PEUX PAS ÉVITER LE COMBAT AVEC EUX.

POURQUOI VOUS INQUIÉTER INUTILEMENT ?
DE TOUTE FAÇON, VOUS NE POURREZ JAMAIS PARTIR D'ICI, HA HA.
HM ? MAINTENANT QUE J'Y PENSE, LE GARS AVEC LE GILET À CAPUCHE NOIR...
ÇA NE SERAIT PAS LE TYPE QUI ÉTAIT EN QUAD AVEC LA BOMBE, HIER ?
M*RDE, TU AS RAISON ! ÇA TE DIT, ON APPELLE LA MEUF AVEC SON PORTABLE...
POUR S'AMUSER AVEC ELLE TOUTE LA NUIT APRÈS L'AVOIR FAIT BOIRE ?
OH, SUPER IDÉE ! HA HA.
JE NE SUIS PAS DANS UN ÉTAT OÙ JE PEUX ME BATTRE NORMALEMENT.
LES ENF*IRÉS...
ON EST COMPLÈTEMENT ENCERCLÉS...
ET MÊME SI JI-HAN EST LÀ, RIEN NE GARANTIT QU'ON PUISSE BATTRE TOUS CES GARS.
ON DIRAIT QUE CES TYPES N'ONT PAS L'INTENTION DE SE BATTRE.
HUM... ILS SONT MOINS NOMBREUX QUE PRÉVU...
ET ÇA NE SERAIT PAS DRÔLE SI ÇA SE TERMINAIT DE MANIÈRE AUSSI MINABLE...
DANS CE CAS...
EH, VOUS DEUX.
?

BATTEZ-VOUS L'UN CONTRE L'AUTRE.
?!
JE LAISSERAI PARTIR LE GAGNANT.
QUOI... ?
AUCUNE CHANCE QU'ON FASSE...
BIM
?!
JE N'AI PAS D'AUTRE POSSIBILITÉ QUE DE LE FAIRE.
BAM BAM
BAM BAM
ARGH... !
C'EST LE SEUL MOYEN QU'IL ME RESTE, MAINTENANT.
OUAH, CET ENF*IRÉ N'A AUCUNE LOYAUTÉ.
P*TAIN, IL A VITE RETOURNÉ SA VESTE, HA HA !
DO... DO-WAN... ?
IL N'EST PAS EN TRAIN DE ME FRAPPER, MAIS DE ME POUSSER AVEC LES PAUMES DE SES MAINS... ?

DÉSOLÉ DE FAIRE ÇA SANS PRÉVENIR... !
?
ENFUIS-TOI LE PLUS LOIN POSSIBLE D'ICI.
PAF
ILS NE FERAIENT PAS SEMBLANT DE SE BATTRE POUR NOUS ÉCHAPPER ?
OH ?
QU'EST-CE QUE TU RACONTES... ?! JE NE PEUX PAS TE LAISSER SEUL...
ÇA IRA, JE DOIS ÊTRE SEUL POUR POUVOIR ME BATTRE.
JE N'AI PAS LE CHOIX.
PARCE QUE MOI NON PLUS...
FFT
MAINTENANT...
JE NE SAIS PAS CE QUE JE VAIS FAIRE.
HUFF
HUFF
?!
JE VAIS DEVOIR UTILISER ÇA.

Récompense de quête
Vous avez reçu un item caché.
C'EST...
UN CADENAS ?
APRÈS LES CLÉS, C'EST UN CADENAS... ?
BON, REGARDONS LES INFORMATIONS DE L'ITEM !
DILING
Cadenas noir
Item caché
Scelle le libre arbitre du personnage et active le combat automatique piloté par le système.
Durée : 10 minutes.
?!
COMBAT AUTOMATIQUE ?!
C'EST... C'EST POSSIBLE DANS LE MONDE RÉEL, ÇA ?
SI ÇA L'EST VRAIMENT, C'EST CARRÉMENT CHEATÉ... !
D'AILLEURS, CE N'EST PAS UN PEU DANGEREUX, CE TRUC... ?
IL SE PASSERAIT QUOI, SI JAMAIS UN INNOCENT SE TROUVAIT À PROXIMITÉ ?
HM... ! ÇA NE ME DIT RIEN QUI VAILLE...
JE NE DEVRAIS L'UTILISER QU'EN CAS D'URGENCE...
Dire que ça scelle le libre arbitre... C'est trop flippant... !

C'EST UN CADENAS, NON ?
POURQUOI IL SORT ÇA DE SA POCHE, TOUT À COUP ?
IL A DÛ DÉVALISER UN CASIER OU UN TRUC DU GENRE, HA HA.
MAIS SINON...
EH, TOI LES CHEVEUX CHÂTAINS ! TU NE VAS PAS TE DÉPÊCHER DE REVENIR ?
TU DOIS TE FAIRE TABASSER À MORT ET TE FAIRE TRAÎ...
TAP
TAP
OÙ TU VAS ? TU DISAIS VOULOIR T'AMUSER TOUTE LA NUIT.
TCHAC
QUOI... ?
LA FÊTE...
COMMENCE MAINTENANT.
CLIC
ET PUIS TANT PIS, MAINTENANT !

WHOOOOOOSH
HEIN... ?
SWOOSH
HEIIIIIN ?!
WHOUUUH
TCHAC
?
QU'EST-CE QUE TU FOUS ?
TU DONNES LA CHAIR DE POULE, HA HA.
TU TE PRENDS POUR UN...

AAARGH... !
... ?!
À...À L'AIDE... !
CRAC
ARGH... !
Vous avez utilisé le cadenas noir.
AUTO

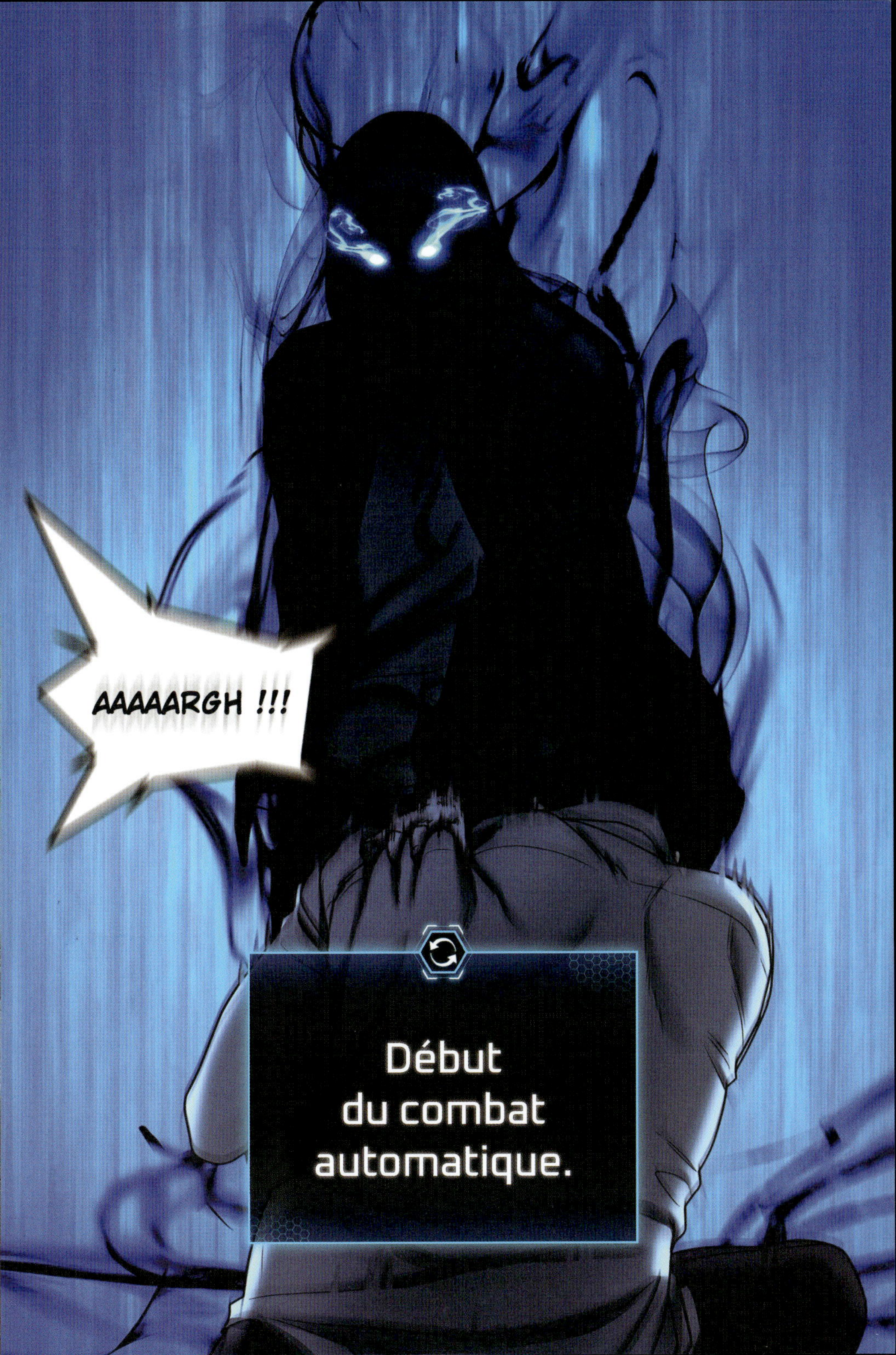
AAAAARGH !!!
Début du combat automatique.

REALITY QUEST

CHAPITRE 42

AUTO
LE COMBAT AUTOMATIQUE.
UNE FONCTION PERMETTANT AU SYSTÈME DE RECONNAÎTRE LES MONSTRES...
FWIP
ARGH... JE DÉTESTE VRAIMENT ÇA..
JUSQU'À QUAND JE VAIS DEVOIR VIVRE COMME UN LARBIN... ?
FWIP
FWIP
FWIP
ET D'ENGAGER AUTOMATIQUEMENT LE COMBAT, SANS QUE LE JOUEUR AIT À CONTRÔLER DIRECTEMENT LE PERSONNAGE.
MAIS BON, GRÂCE AU COMBAT AUTOMATIQUE, JE PEUX AU MOINS... HEIN ?
CEPENDANT, N'ÉTANT QU'UNE "FONCTION DE COMMODITÉ" POUR LES UTILISATEURS QUI N'ONT PAS LE TEMPS DE JOUER...
COMBAT AUTOMATIQUE
M*RDE... ! NE ME DIS PAS QU'IL ÉTAIT COINCÉ ICI DEPUIS TOUT À L'HEURE ?!
TAP TAP
TAP TAP
DE NOMBREUSES CRITIQUES LUI REPROCHENT D'ÊTRE BEAUCOUP MOINS PERFORMANT QUE LE MODE MANUEL.
SHHH
MAIS C'EST UNE RÉALITÉ QUI NE S'APPLIQUE QU'AUX JEUX VIDÉO ORDINAIRES.
DANS LE CAS D'UN SYSTÈME DOTÉ D'UNE IA AVANCÉE...
IL PEUT SURPASSER LE MODE MANUEL...
ET PROVOQUER UN VÉRITABLE CARNAGE.

C'EST... C'ÉTAIT QUOI, ÇA... ?
QU'EST-CE QU'IL VIENT DE SE PASSER... ?
?!
TAP TAP
ENF*IRÉ, TU L'AS... !
TCHAC
BANG
ARGH... !
BAM
BAM
BAM
BAM
BAM

P*TAIN... COMMENT IL PEUT ÊTRE AUSSI RA...
...PIDE ?
BANG
POUF
...

TCHAC
?!
V… VOUS NE TROUVEZ PAS QU'IL DÉGAGE UNE AURA DIFFÉRENTE DE TOUT À L'HEURE… ?
C'EST VRAI, ON DIRAIT AUSSI QUE SON REGARD EST DEVENU VIDE…
NE DITES PAS DE C*N-NERIES.
VENEZ, ON L'ATTAQUE TOUS LES TROIS EN MÊME TEMPS !
TAP
TAP
TAP
TAP
TAP
SPLAAAF
BANG
?!

BAM
TAC
TAC
TAC
TAC
TAC
TAC
TAC
PAF
CHOPE

TU NE L'AS PAS VU VENIR, HEIN ? ENF*IRÉ.
TCHAC
?!
IL EST PAR TERRE ! VENEZ VITE L'ÉCRASER !!
SPLAF
TAP
É... ÉNORME...

JE NE SUIS PAS SÛR D'AVOIR COMPRIS...
DÉSOLÉ DE FAIRE ÇA SANS PRÉVENIR... !
?
ENFUIS-TOI LE PLUS LOIN POSSIBLE D'ICI.
PAF
QU'EST-CE QUE TU RACONTES...?! JE NE PEUX PAS TE LAISSER SEUL...
ÇA IRA, JE PEUX ÊTRE SEUL POUR POUVOIR ME BATTRE.
PARCE QUE MOI NON PLUS... JE NE SAIS PAS CE QUE JE VAIS FAIRE.
CE QUE VOULAIT DIRE DO-WAN TOUT À L'HEURE...
MAIS POUR L'INSTANT...
CE QUI L'AIDERAIT LE PLUS... C'EST QUE JE M'ÉLOIGNE, C'EST ÇA... ?
SSP
CE TYPE N'EST PAS ORDINAIRE.
FIOU... JE SUPPOSE QUE VOUS ALLEZ DEVOIR Y ALLER, LES GARS.
TSS, JE N'EN PEUX PLUS DE LES REGARDER.

C'EST... C'EST UN MONSTRE... CE TYPE...
P*TAIN, POURQUOI IL FAIT CETTE TÊTE ?
?
TAC
À PARTIR DE MAINTENANT, LE PROCHAIN QUI RECULE, JE LE BUTE.
CO... COMMENT ?
?!
FERMEZ-LA, ET CONTENTEZ-VOUS D'AVANCER, BANDE DE CRÉTINS !
ON... ON PEUT LE FAIRE... !
C'EST VRAI, P*TAIN. APRÈS TOUT, ON EST PLUS NOMBREUX !
S'ENFONCE
TAP
BA
BA
BA
BA
BAM

P*TAIIIIIN !!
TAP TAP
TAP TAP
TAP
?!
BANG
TAP
TAP
NE... NE T'APPROCHE PAS... !
PAF
TCHAC

BAM
BAM
BAM
CHOPE
?!
VOILÀ ! C'EST COMME ÇA QU'IL FAUT L'ATTRAPER !
CE N'ÉTAIT PAS SI COMPLIQUÉ, BANDE D'INCAPABLES !
PETITE M*RDE, TU LES AS BIEN FAIT GALÉRER, CES C*NS.
CRR
CRR
POUR TE FÉLICITER, JE VAIS TE SERRER DANS MES BRAS JUSQU'À CE QUE TES CÔTES SE BRISENT !
PEU IMPORTE À QUEL POINT CE TYPE EST DOUÉ…
MAINTENANT QUE CE PORC BARBU L'A ATTRAPÉ, C'EST FINI.
C'EST IMPOSSIBLE QU'IL LUI ÉCHA…
P*TAIIIN !!
?

AAAAARGH !!
CRR
OOOOOH... !
HOU
HOU
LÂCHE-MOI ! B*RDEL !!
TAC
TAP
TAP
TAP
SPLAF
!!

PAF PAF
PAF PAF
PAF
PAF
PAF
PAF
PAF PAF

BOUM

WHOUUUH

TU SAIS, PORTER DES LUNETTES DANS UN COMBAT...
?!
C'EST VRAIMENT TRÈS RISQUÉ.
FFT
PARCE QUE SI ON EST TOUCHÉ AU VISAGE, IL Y A DE FORTES CHANCES QU'ON SUBISSE UNE BLESSURE MORTELLE.
C'EST POUR CETTE RAISON QUE LA PLUPART DES GENS...
CHOISISSENT DE RETIRER LEURS LUNETTES, QUITTE À PERDRE EN ACUITÉ VISUELLE.
MAIS MOI, JE NE RETIRE JAMAIS LES MIENNES.
ET TU SAIS POURQUOI ?
PARCE QUE PERSONNE N'ARRIVE JAMAIS À ME TOUCHER.
JE TE LE DIS À L'AVANCE, MAIS...

JE N'AI RIEN À VOIR AVEC LES TYPES DE TOUT À...
CRAC
POUF
TAP
TAP
C'EST QUOI... CE DÉLIRE... ?
TU AS BATTU PRÈS DE VINGT GARS EN SI PEU DE TEMPS... ?
EN PLUS, LES DEUX DERNIERS ÉTAIENT LES PLUS FORTS DE NOTRE BANDE...
ALORS COMMENT ÇA SE FAIT...
QUE TU NE SOIS MÊME PAS ESSOUFFLÉ ?!

BANG
TU ES QUOI, AU JUSTE ?!
ARGH... !
SERRE
?!
GARGL... !
SERRE
A... ATTENDS... !
CRAC
AAAAARGH !!!

HEIN... ?
JE SUIS OÙ, LÀ... ?
?!
JE VIENS POURTANT TOUT JUSTE D'UTILISER LE CADENAS...
ALORS QU'EST-CE QUE JE FAIS DANS CETTE CHAMBRE MITEUSE ?
ON DIRAIT QUE QUELQU'UN HABITE ICI, EN PLUS...
FFT
ET RIEN QU'À VOIR LA PIÈCE, JE NE ME SENS PAS DU TOUT EN SÉCURITÉ !

JE DEVRAIS D'ABORD SOR...
ZZT
?!
OUAH, ÇA M'A SURPRIS... !
SHHH
POURQUOI CET ORDINATEUR S'EST ALLUMÉ TOUT SEUL... ?!
HM... ?
isait longtemps
Ding
Administrateur(manager) vient de rejoindre la conversation.
Administrateur(manager) Ça faisait longtemps, cher compagnon.
HEIN ?
Ding
Administrateur(manager) vient
Administrateur(manager) Ça faisait longtemps, cher compagnon. Cette pièce est un espace situé loin de ton corps.
HEIIIN... ?

JE CONNAIS CETTE FAÇON DE PARLER…
Es-tu bien en quête d'une équipe ?
CeluiQuiEngendreLaFin
Avoir un compagnon serait plaisant…
Je t'autorise à m'accompagner.
Message de l'administrateur
Ne sois pas surpris, mon cher compagnon. Ceci est un présent pour te remercier de la bonté dont tu as fait preuve à mon égard.
"CELUI QUI ENGENDRE LA FIN"…
C'EST TOI ?

REALITY QUEST

REALITY QUEST 4

Passionné de jeux vidéo, Do-Wan déteste l'école. Il faut dire que le jeune homme est le geek de service un peu faible dont tout le monde se moque. Harcelé par de grosses brutes, il rêve juste que sa vie ressemble aux jeux RPG auxquels il joue. Jusqu'au jour où son rêve est miraculeusement exaucé : une invitation à une Quête apparaît devant ses yeux dans la vie réelle. N'ayant rien à perdre, il tente sa chance, et une quête en entraîne une autre.

Super-puissant dans les jeux vidéo,

faible dans la vie réelle. Jusqu'au jour où…

www.kamondo.fr